# 短言碎语话人生

房华一　陈　旭　著

陕西新华出版

太白文艺出版社·西安

图书在版编目（CIP）数据

短言碎语话人生 / 房华一，陈旭著. -- 2版. -- 西安：太白文艺出版社，2017.9（2023.7重印）
ISBN 978-7-5513-1230-1

Ⅰ．①短… Ⅱ．①房 ②陈… Ⅲ．①杂文集－中国－当代 Ⅳ．①I267.1

中国版本图书馆CIP数据核字(2017)第180115号

## 短言碎语话人生
**DUANYAN SUIYU HUA RENSHENG**

| | |
|---|---|
| 作　　者 | 房华一　陈　旭 |
| 责任编辑 | 李　玫　姜　楠 |
| 封面设计 | 前　程 |
| 出版发行 | 太白文艺出版社 |
| 经　　销 | 新华书店 |
| 印　　刷 | 河北浩润印刷有限公司 |
| 开　　本 | 787mm×1092mm　1/16 |
| 字　　数 | 160千字 |
| 印　　张 | 12 |
| 版　　次 | 2017年9月第2版 |
| 印　　次 | 2023年7月第2次印刷 |
| 书　　号 | ISBN 978-7-5513-1230-1 |
| 定　　价 | 35.00元 |

# 目 录

**第一章　做人琐谈**

第二章　处世漫话

# 第一章　做人琐谈

# 从小受苦也是人生的一笔财富

已经走过知天命之年的本书作者之一房华一，偶尔喜欢回首往事，小时候经历的人生磨难经常让其难以忘怀。

最难忘的是 1964 年，家里时不时就打了断顿。那时他才六岁，春天里的主要饭食就是母亲从地里剜来的荠荠菜，上顿下顿都吃它，肚皮都吃成绿的了，那荠荠菜吃起来真香。在困难的时月里，那可是救命菜啊！还有一桩往事也让他经常忘不了，2002 年农历正月初四晚上，家里突然着火了。房上面的十几根小椽烧坏了，还把两根檩条也烧坏了。他带着妻子和孩子拼命救火，在严寒的夜晚一身身冒汗，还有浇灭火势时洒落在身上的水。一夜没有合眼，第二天一整天还得处理废墟上的杂物，超常的劳动、带来的意外紧张、身体受到的冷冻，都没有摧垮他，他依然坚强。也正是由于从小就经受了人生的不少苦难，房华一一路走来，终有建树。

人常说，从小受苦也是人生的一笔财富。应该说，这是经验之谈。

著名的小品表演艺术家赵本山的喜剧小品妇孺皆知蜚声海内外。然而，在舞台上为大家带来欢笑的他，却有一个苦难的童年。赵本山六岁时就成了孤儿，从小吃百家饭长大，童年的回忆除了饿还是饿，有一年过年吃上了一顿饺子，撑得直不起腰。为了改变自身处境，他开始跟瞎眼的二叔学艺。他潜心钻研，刻苦训练。拉二胡、吹唢呐、抛手绢、打手玉子、唱小曲、二人转小帽等样样精通，尤其是三弦功底最为突出。终于获得观众认可,被誉为"红笑星""小品王""中国笑星""东方卓别林",并成为国家一级演员,还曾当选为第十届全国人大代表。在接受媒体采访时,赵本山表示,自己一生最大的财富就是童年的苦难,现在没有任何痛苦和不满足。

还有,著名相声表演艺术家马季先生小时候很苦,他的母亲却是一位坚强、有骨气的女人,从来没有在生活面前屈服过。生活所迫,哥哥马树梁到天津当学徒;妹妹马淑珍去了河北香河;马季被托给远房亲戚,带到上海宏德织造厂做学徒。他聪明伶俐,手脚勤快。在师傅面前,谦恭礼貌;对小伙伴,情同手足。后来掌柜的在有名的永安公司租了临时柜台,甩卖"德"字牌枕套和台布,由马季担此重任。他学方言,速度之快,令人头晕目眩。广东话、上海话、普通话都运用自如,颇得顾客的好感,自然生意兴隆,颇得掌柜喜欢。也就是在这段时间里,他从收音机里学习《开粥厂》《倭瓜瓢》《批三国》《地理图》《大上寿》《醋点灯》中的段子,奠定了他的艺术基础。新中国成立后,马季成为新华书店华北发行所的正式职工。新华书店青年人多,每逢周末,工会都举办舞会或联欢活动。作为联欢活动中的积极分子,马季如鱼得水,大展其才,不是唱京剧,就是模拟丑角表演,当然,最拿手的还是相声。1956 年初,北京市举行工人业余曲艺观摩会演。马季参赛的曲目是相声《找对象》,将人物刻画得淋漓尽致,而又火候适中,荣获一等奖。之后不久,拜师侯宝林大师,勤奋学习,认真钻研,终成一代大师。马季先生在回忆他的童年时说,苦难的童年是一种财富。苦难培养了他吃苦、勤奋、好学的好习惯。

其实,好多经历过童年苦难的成功人士,他的人生道路,足以提醒更多的有志之人。我们每一个人无法选择自己的出身,无法选择自己的父母,可是我们有权利选择自己的人生。有权利选择自己要过什么样的生活,就是要把苦难当作人生的一种财富去积累。生活的苦难并没有让饱受苦难的人们低下头,而是更深刻地让他们成长着。历经过苦难的人总是能够更加深刻地意识到生活的本原,而他所经历的其实是一种财富,特别是在人幼年或少年的时候,所经受的苦难在人心灵深处的烙印特别深刻。就像是深深扎根于土地的参天大树,它的根总是需要在暗淡无光的土地里深深埋藏着,这是它的根,更是它的财富,也是树的骄傲。

一个人小时候吃点苦,受点罪,经过坎坷,受过磨难,感受过忧患,能对其以后的人生成长、事业成功产生巨大而积极的影响。苦难是对人的一种磨炼,经历了磨炼,一个人就会变得成熟和具有耐受力,就会变得更加坚强。同时,最困难的时候,往往也是收获最丰厚的时候。苦难能锤炼人的品格、意志、见识、勇气。儿童时期的苦难是人生最宝贝的精神财富,酸甜苦辣咸组成了五味人生,在经历苦难中经受锤炼,感悟人生,这才是生活。

# 穷人的孩子为何能早当家

早年,京剧样板戏《红灯记》里,李玉和有一段唱段《穷人的孩子早当家》,全文是:"提篮小卖拾煤渣,担水劈柴也靠她。里里外外一把手,穷人的孩子早当家。栽什么树苗结什么果,撒什么种子开什么花。"这一唱段是赞扬李铁梅的,但也确实阐明了一个道理:"穷人的孩子早当家。"

穷人的孩子之所以能早当家,就在于在那个物质生活水平不高的年月,因为家里太穷,为了满足基本生活的需要,减轻生活负担,同时通过"当家"具体事务的锻炼,有可能提前磨炼出了他"当家"的本领。

在旧社会,彬县南玉子的某一山沟村里有个小男孩,他七岁多父亲就去世了,剩下他和母亲相依为命。这个小男孩儿是十分坚强的,正是读书上学的年龄,他自己主动放弃,开始帮着母亲操持家务。从十来岁开始,就跟上村里的成人在集市上学做小买卖。在做着小买卖时,他在集市上处处留心,竟然钻进了牲口交易的圈子里,看大人们如何买卖牲口。12岁的时候,他已经能辨别牲口的牙口。有时也跟上大人们开始说合牲口的价钱。几乎是在集市上,啥生意能赚钱,他就做啥生意。年纪轻轻地,就成了一个生意精,他的生意日渐兴盛起来。到新中国成立的时候,他的家里已经拥有三百多亩土地。家大业大了,他不满足于居住的土窑洞,想给自己家里盖房。盖房需要砖瓦,按照正常人的思路就是去买。可他却不一样,为此专门建了两个罐罐瓦窑。自己组织家里人烧砖瓦,不但解决了自家的建房用砖瓦问题,还将多余的砖瓦出售,再从中获利。他先后生育两个儿子,身上都具有父亲那种顽强拼搏的精神,而且都很有作为。

还有,本书作者之一的房华一先生,也是一位穷人的孩子早当家的典型。他五岁的时候父亲就病故了。六岁时母亲给了他两角钱,让他去义门李家胡同赶集买东西。一个六岁的孩子,将两角钱拿在手里后精打细算,花得很到位:用九分钱打了半斤煤油,用四分钱买了两盒火柴,用七分钱给母亲买了一个盘头的络络。由于生活所迫,他从小就挑起了生活的重担,并一步步从农家子弟步入干部的队列,做出了积极的贡献。

毛泽东主席曾经说过:"穷则思变,要干,要革命。"正因为穷人的孩子穷,生活的担子过早地压在了他的肩上。要么,是逃避现实,撂挑子;要么,就是顽强地挑起来,一直挑下去。艰苦的环境确实能锻炼人,一个人从小就接受生活的锻炼,接受社会熏陶,思想就成熟得快,能够很快融入社会,与人们顺利交流,更能够以一种方式获得物质财富。

"穷人的孩子早当家",是个社会写照。通过辩证法去理解"穷",穷是极地,穷是前进的动力,于是穷人的孩子便很懂事,从小目睹父母的辛劳、体验生活的困苦,得知"热爱生活"的道理,有着奋斗与吃苦的自觉。有付出就会有收获。一些穷孩子在生活的大课堂里接受的贫困和毅力的教育。他们终于在生活这所大学校里获取了毕业证书,成了优秀的学员。当他们步入社会后,也就成了时代的佼佼者。

从这一点上讲,现实是公正的,你给它付出,它就给你回报。

# 漫谈做人"六要素"

　　人生在世,如何做人,怎样处事也是一门大学问。一个人要在社会上生存,能在职场中站稳脚跟,除过自己有学识、有能力外,还得懂得一些为人处世之道。这话的缘起,是有一天我们坐在一起闲聊时,一位朋友的高见。他认为做人应该具备六个要素,即:要诚实,要有善心,要有孝心,要能吃苦,要勤劳,还要节俭。

　　当然,朋友经过半生打拼,其成绩卓著。他总结的这几点确实是经验之谈。人在社会中不是孤立的,人更须臾离不开社会。一个人不能只是从社会上去索取,而更多的是要为社会做贡献。否则你能力再强,技术再好,但没有德行,缺乏素养,不但不会对社会做出贡献,相反,可能还会对社会产生危害。做人既需要简单意义上的修身养性、独善其身,还要为自己树立威信,深得人心,广结良缘,能在自己周围凝聚一批有识之士。特别对于领导干部,这一点尤为重要。

　　话题又回到做人的"六要素"上来。要素之说,简而言之,就是指事物必须具有的实质或本质的组成部分。关于做人的"六要素"之类的标准,其实早在《四书》之一的《大学》里就已经提出来了。《大学》中提出的做人"六要素"是:止、定、静、安、虑、得。就是说,知止而后有定,定而后能静,静而后能安,安而后能虑,虑而后能得。应该是做人要有一个明确的目标之后才能安定下来,安定之后心就能静,心静才能思考问题,最后才能有所收获。

《大学》是儒家基本经典之一。原为《礼记》中的一篇。南宋朱熹把它与《论语》《孟子》《中庸》合称为"四书"。《大学》是人生的理想蓝图,也是成功学。《论语》是经典精神,《孟子》是儒士文化,《中庸》是和谐之路,中庸之道是具有中国特色的成功之道。

今人也不甘寂寞,在"吾日三省吾身"的修养过程中,也有热心肠的人总结出了相近的做人"六要素"来,即:一曰静,二曰缓,三曰忍,四曰让,五曰淡,六曰平。还有一种"六要素"的说法是:上进心、稳重、恒心、担当、诚信以及胆识。其实,就我们看到和碰到的,类似总结出来的"要素",可以说是俯拾即是。无论《大学》里的警句,或是今人的高见,有其大同小异之处,都融入了中庸之道的精神在内。我们不妨择其要者,谈谈看法,既是与朋友们交流,也可作为自勉。

比方说静:就是要人们少说话,多倾听。因为爱说话的人,本就失去了一分宁静的美。而且,言多必有失。有句话是,三思而后行,三思而后言。忍与让,可以交叉在一起来谈。凡事提倡忍让为先。面对不公,别气愤,别宣泄。一来气愤伤身体,二来气愤解决不了问题。"有肚量去容忍那些不能改变的事,有勇气去改变那些可能改变的事,有智能去区别上述两类事。"这是成功者要具备的三个素质。既然有些事情不是个人能力所能改变的,何不冷眼旁观呢?宣泄不满,只会让旁人看戏。一个人,大是大非,不能退让,但小事情,尽量听别人的意见。能按别人的意见办的,就不坚持己见。退一步,海阔天空。而且如果是按别人的意见办的,错误也就有所分担。

淡泊名利,看轻钱财,应该是一个人做人的基本要素。人要把一切都看淡些,对名利,对金钱,对感情,没有什么是离开了就不能活了的东西。得失也是辩证的,你在这方面损失了,你的心灵会得到释放,会有机会去尝试别的选择。越是看得淡,心灵就越是平静,就越能体会平凡的幸福。

做人的问题,关键还在于个人的修养和历练。这些做人的"要素",就是要人学会控制自己,节制某些不应有的欲望,还要尽力从好的方面做起。古人有言:"敬天地,忠社稷,孝父母,和夫妇,友兄弟,信朋友,睦乡邻,施穷人,救危困。"《易经》中也说:"天行健,君子以自强不息;地势坤,君子以厚德载物。"从传统文化渗透出的这些正能量中足以看出,做人问题上的学问确实是很深奥的。退一步说,一个人可以不会做人,但不能害人;可以不高尚,但不能无耻;可以不伟大,但不能卑鄙;可以不聪明,但不能糊涂;可以不博学,但不能无知;可以不交友,但不能孤僻;可以不乐观,但不能厌世;可以不慷慨,但不能损人;可以不追求,但不能嫉妒;可以不进取,但不能倒退!

芸芸众生,如何做人?确实值得深思。

# 过日子的三种人

日子得一天天过。过日子就是让自己有饭吃、有衣穿、有房住。最起码得有一些固定的收入,平常的生活才有保证。

过日子,最直白的说法,无非就是衣、食、住、行。这些都离不开花钱,也就是我们说的家庭消费。

按照正常的说法:衣,一个人的衣服不在于太多,有几件合体的就行,去什么场合都能拿出手,也不必经常买来买去。食,相应应该吃好点,营养搭配合理,身体是本钱,少在外面吃,尽量自己做,美味可口又省钱。住,父母有房子能住更好,没有的话可以考虑自己买一套小户型的房子,或者根据自己的经济条件决定。行,要出门时,一般乘坐公交车就可以了,不要像时下的一些年轻人那样浮躁,还租别人的房子住就先买个车开上,或者干脆贷款买车,看起来很有面子,其实不划算。房子几年后可以升值,车子几年后非但不值钱且每年还得为它花费很多油费。

其实,这如何过日子,怎样把日子过得既俭省又实惠,就关乎如何去料理的问题。

据我们观察,目前过日子,有三种人:

一种是勤勤恳恳、兢兢业业过日子的人。这类人省吃俭用,舍不得吃、舍不得喝。有的人是硬靠节约过日子,有的人是挣下钱后怎么也舍不得花费,硬和自己过不去。这类人表面上给人的感觉属于穷苦人的范围,其实他的小日子是很瓷实的,往往有不少的存款。

另一种人是能挣多少钱就花多少钱，甚至是寅吃卯粮，先从各种渠道预支或者透支钱去花费。这些人往往是"今日有酒今日醉，明日没酒喝凉水。"不会安排，有钱的时候，显得很阔绰，挥金如土；没钱的时候，要多狼狈有多狼狈，不知道适当积攒一些余钱。一旦碰到急需用钱时就手忙脚乱，无所适从。

最后一种人是能挣钱，会花钱，有计划地挣，有计划地花。而且在花钱上的态度是比较科学的，该节约的时候坚决节约，一分钱都不乱花；该大方时出手却很大方，从不吝啬，也不做钱财的奴隶。

相比较，这过日子的三种人里面，第一种人是往往让人瞧不起的。他们的节约本身是对的，但往往有些过头。这些人花自己的钱时，省了再省，花别人的钱，吃、拿别人的东西时却眼尖手快，毫不吝啬。人们给他们起了"吝啬鬼""守财奴"等绰号；第二种人是应该校正自己的生活坐标的，要学着如何科学地过日子；最好的就是第三种人。这类人由于能科学料理、巧妙安排，既让自己的日常生活心满意足，又能节约出一定的资金以备急需。这才是我们应该提倡的生活方式。

当然，衣食住行是我们日常的生活，我们的观察是很肤浅的。面对这看似平淡的衣食住行，里面还是学问多多。如何掌握，关键在于自己，自己的日子自己过，这就需要人们同样在实践中去学习和总结。再说，如果你想要更好的生活质量，那么多了解其中的技术信息，消除一些技术方面的误会，也就很有必要。两年前，有一热心的网站编了一本书叫《过日子要有技术含量》，认为穿衣打扮要了解日用化学品的性质；饮食健康要了解肠胃、细菌、食品工业；居家舒适要了解电器有多智能，环境可以怎么改造；出门在外要了解交通工具和路况——最普通的生活离不开最基础的科技。作者用通俗的语言为读者提供这些信息：让人们享受生活需要的技术含量。有技术含量，生活才有质量。用科技服务生活。

不管怎么说，一个人、一家人过日子，就去过自己想过的生活，有能力通过正常手段得到自己想要的东西。如果目前还做不到，就要为了这个目标不懈努力。保持积极的心态，不管做什么，要让自己觉得快乐。绝不为了目的地忽略沿途的风景，也不沉迷于风景以致到不了目的地！

人生还是要靠自己把握！

# 能挣钱还得会花钱

说到挣钱和花钱，其实也是一门学问。这一问题，小到普通老百姓的居家过日子，大到各级政府的当家理政，几乎天天都要面对。应该说，善于挣钱，可以不断积累物质财富；善于花钱，也可以在花钱之中和之后挣到更多的钱。挣钱与花钱的关系，体现了一种可以相互转化、相互促进的辩证关系。

当然，本文不谈国家大事，无权去说人家各级政府如何理财理政，我们就只对普通老百姓的挣钱和花钱问题，谈谈自己的一孔之见。

之所以提及这一话题，是发现在我们的周围，就人们的挣钱和花钱理念，确实还有一些问题。我们发现，有的人只会挣钱。他们小钱能挣，大钱更能挣。往往家庭的收入是十分可观的。但是，挣下钱后，却不会花钱。有的人只挣不花，或者是极少量地花，也就是农村人说的舍不得花。有的人挣下钱后，不会用这笔钱再投资，去赚更多的钱。还有的人挣下钱后是乱花钱，该花的花，不该花的也花。也就是无计划地乱花，把钱没有用到应花的地方。所有这些，其实都是会挣不会花的表现。

挣钱是收入，能不能挣钱是一个人的办事能力问题；花钱即消费，会不会花钱则是一个人的生活艺术问题。收入决定着消费，收入高，消费层次自然就高；收入低，消费层次自然就低，但也不是必然的正比例关系。

一位哲人说过，自己活，也让别人活。从市场经济这个范畴来说，生活在市场经济中的每一个人，身上都表现有经济人的一面。社会分工让每一个人一方面通过为他人生产商品或提供服务获得报酬，另一方面又用报酬购买他人的商品或服务，满足自己的生活需求，从而实现了劳动的平等交换。试想，如果一个人只挣钱不花钱，势必造成另一个人的商品或服务卖不出去，导致这个人无法挣钱。如果只挣不花的人多了，会造成劳动力的闲置，生产设备利用率的下降，接下去是挣钱的困难，形成恶性循环，这种现象对一个社会是一场灾难。

赚钱的目的就是花钱，就是为了满足个人的需求。会挣钱与会花钱之间有无因果关系，关键是看如何定义"会花钱"。有的人花钱如流水，既没有节制也没有计划，甚至将钱用于赌博、吸毒、嫖娟，花光了就去抢、去偷，去不择手段地"赚"，"会花钱就会挣钱"的结论，对于这种"会花钱"的人不成立。

真正会花钱的人，当然也一定是会挣钱的人，这种人其实也是成功的人。因为这种人很聪明，他们知道"天上不会掉馅饼"的道理，能把钱花在学业、技术等智力投资上，不断使自己"充电"。有的人不惜购买新书、好书。他们明白书是人的朋友，也是最好的老师，对自己有所启发、帮助，促进新事物、新局面的开拓，从而，在创新的道路上不断取得新成效，财源也随之滚滚而来。有的人读了大学，又考研究生，还要拼博士。花费金钱和流出汗水使自己获得了丰富的知识和力量。智慧和才能又给他们带来了可观的待遇、丰厚的报酬。

真正会花钱的人，也是会用现代化的手段武装自己的人。在这个信息时代，知识经济大爆炸。不少人省吃俭用，把钱花在购买电脑、上网等开销上，无论是学习最新知识、掌握最新动态，从事科技工作，甚至包括写作、从商等方面，都离不开采用高科技手段。

真正会花钱的人，也是善于用钱生钱而懂得投资的人。他们就会考虑花钱的代价，而不是乱花钱、瞎花钱。把钱花在有用之处,把钱花在刀刃上。大胆地把钱投放到了投资市场,一笔收入就放入了他未来的钱包,这才是正确的"会花钱"的理念。

当然,在花钱问题上,许多人仍相当理智与谨慎,他们大多会计划开支,量入为出。他们知道"花钱容易挣钱难"。所以,对大多数人来说,理性消费、计划开支和勤俭过生活才是长期行为。这也要求人们,必须牢固树立良好的消费观念,做一个头脑冷静的理性消费者,把有限可数的资金,合理投入到风光无限的消费市场上,才是正选。看菜吃饭、量入为出是良策,宽打窄用、开源节流为金方。好钢用在刀刃上,有劲使在关键处,既不做按金不动的守财奴,也不当花钱有余赚钱不足的败家子。

# 挣钱的渠道有哪些

赚钱可以说是每一个人的梦想。人为了生存,为了能养活自己,养活家人,为了能让自己及家人的生活质量更高一些,每个人几乎都得努力去挣钱。挣钱成为一个人一生主要的目标之一。

现实当中,有些人感觉挣钱很容易,有些人却感觉挣钱很难,这固然与一个人的智商及赚钱方法有关系,但是也有许多其他因素夹杂在内。有些人从一着地就不愁吃,不愁穿,手头宽裕一辈子。而有些人从一生下就要勤劳一辈子,也许勤劳过后还得不到应有的报酬,经常为缺衣少食而奔波。社会就是这样。

说起挣钱的渠道,其实各有各的路数。有的人靠权力赚钱,有的人靠各种资本赚钱,有的人靠体力挣钱,有的人靠智力挣钱……

权力赚钱,是赚钱最快、成本最低、效益最高的生财之道。权力赚钱,滋生了一批腐败分子。某些拥有权力的人,把党和人民赋予自己的职权,变成了自己敛财的工具。因而,有权力的,快速致富,成为强势群体;没有权力的,陷入贫穷的困境,沦为弱势群体。这是改革30年来常有的社会现象。在整个改革过程中,贪腐分子控制了权力,就会及时地转化为经济收益,不管他是什么权力。权力大的,多得;权力小的,少得;没有权力的,不得。权力致富的高效和快速性,让改革初期提出的"勤劳致富"的口号,最终沦为致富者的笑柄。

资本赚钱,就是一些人拥有一定的固定资本,将这些资本投入市场,然后牟取一定的利益。譬如,有些有资金的人购买数辆小车,然后将其投放到出租汽车公司或承包给其他人经营,自己赢得利润。还有的城市居民,自建房屋,进行出租。尤其是现在一些"城中村"的农民,靠出租房屋致富的人不在少数。

对于相当数量的人来说,不是赚钱是"挣"钱。赚钱靠的是脑力,是智慧;"挣"钱靠体力靠技术,是打工,这就是最大的差异。"挣"钱是直接靠出售自己的时间与劳动创造换取的薪酬,"挣"钱一辈子,或许也买不起一套房子。李嘉诚有句名言,30岁以前要靠体力赚钱,30岁以后要靠"钱"赚钱。李嘉诚说的是香港,香港年轻人创业的概率高一些,所以许多男女才俊在30岁的时候就已经功成名就,财富积累得差不多了。而在大陆,这一年龄恐怕会推迟一些,多数人会在40岁左右的时候达到人生的辉煌时期,家庭财富也会在这个时期达到新的高峰。一些人由于各种因素的制约,终生只能靠"挣"钱养家糊口。因为挣不到钱而对生活失去了信心,从而走上了歧途的也大有人在。

当然,对于普通劳动者来说,较为理想的就是靠智力赚钱。智力赚钱,相对来得快也效益高。道理无须赘述,讲个故事,或许有所借鉴:

有个年轻人决定凭自己的智慧赚钱,就跟着别人一起来到山上,开山卖石头。

别人把石块砸成石子,运到路边,卖给附近建筑房屋的人,这个年轻人竟直接把石块运到码头,卖给杭州的花鸟商人了。因为他觉得这儿的石头奇形怪状,卖重量不如卖造型。就这样,这个年轻人很快就富裕起来了。三年后,卖怪石的年轻人成了村子里第一座漂亮瓦房的主人。

后来,不许开山,只许种树,于是这儿成了果园。当地的鸭梨汁浓肉脆,香甜无比。每到秋天,漫山遍野的鸭梨引来了四面八方的客商。乡亲们把堆积如山的鸭梨整车整车地运往北京、上海,然后再发往韩国和日本。

一条铁路从这儿贯穿南北。这儿的人上车后,可以北到北京,南抵九龙。小小的山庄更加开放搞活了。乡亲们由单一的种梨卖梨起步,发展到果品加工和市场开发。鸭梨带来了小康日子,村民们欢呼雀跃。这时候,那个卖怪石的年轻人却卖掉果树,开始种柳树。因为他发现,来这儿的客商不愁挑不上好梨,只愁买不到盛梨的筐子。

五年后,他成了村子里第一个在城里买商品房的人。再后来,就在乡亲们开始集资办厂的时候,那个年轻人却又在他的地头,砌了一道三米高百米长的墙。这道墙面朝铁路,北依翠柳,两旁是一望无际的万亩梨园。坐火车经过这里的人,在欣赏盛开的梨花时,会醒目地看到四个大字:可口可乐。

据说,这是五百里山川中唯一的一个广告。那道墙的主人仅凭这道墙,每年又有四万元的额外收入。

上世纪90年代末,日本某著名公司的老板来华考察。当他坐火车经过那个小山庄的时候,听到上边的故事,马上被那个年轻人惊人的商业智慧所震惊,当即决定下车寻找此人。当日本人寻找到这个年轻人的时候,他却正在自己的店门口与对门的店主吵架。

原来,他店里的西装标价800元一套,对门就把同样的西装标价750元;他标750元,对门就标700元。一个月下来,他仅卖出8套,而对门的客户却越来越多,一下子批发出了800套。

日本人一看这情形,顿时失望不已。但当他弄清真相后,又惊喜万分,当即决定以百万年薪聘请他。原来,对面那家店也是他的。

# 漫谈交友

生活当中,人们一般都不会独来独往,总喜欢与性格或者爱好相近的人结成朋友。还有一些人,因为身份、爱好相近等原因,相对来往就显得亲密。人与人之间,其实在不经意间就成为朋友。朋友有亲有疏,有远有近。主要是包括一方对另一方的信任,并把信任给予对方,允许对方与自己交往。

物以类聚,人以群分。一般情况下,一个人都是有自己的选择标准和交友范围的。

一是职务相当的,容易走到一起。什么级别的人就有什么级别的朋友,级别低一点的,想和级别高一点的人成为朋友,却似乎没有共同语言。吃饭时,同样级别的人也喜欢围拢在一起。即使饭桌前空上一两个座位,其他人也不愿意与其为伴。

二是文化层次相同或相近的人,喜欢在一起。没有文化的人和有文化的人在一起就没有共同语言。文化程度低的人和文化程度高的人也很难交友。

三是性格相同和嗜好相同的人容易接近,容易交友。譬如喜欢读书的人就爱和读书人打交道,容易以书会友,成为至交。喜爱打麻将的人整天厮守在一起,就成了麻友;喜欢在球场上打球的,也就能成为球友;爱好喝酒猜拳者以酒会友,能成为酒肉朋友。

四是长相相近的人容易成为朋友。作为女人,长相漂亮的喜欢相互往来,也能成为朋友。也有个别漂亮女人为了陪衬自己的漂亮,去结交长相丑陋的女人为友。

五是富人和富人喜欢交友,穷人和穷人喜欢交友。

人常说:"米面的夫妻,酒肉的朋友。"这也是对朋友的定性。一个人的一生,能交一两个真正的朋友并不容易,因为朋友在某种意义上也带有一定的功利性。好多人交朋友,本身就有自己的目的在内。前人总结得很到位,世上酒肉的朋友居多,真正的朋友很少。当一个人的经济实力强大之后,或者拥有一定的权力和高位时,他的朋友就会增多,甚至是前呼后拥,因为其他人结交下这个朋友,在某种意义上为了自己需要帮忙时方便;当一个人从高处跌到低处,步入人生的低谷,或者遭遇到特定的某种灾难时,他过去的铁杆朋友们就会敬而远之,甚至落井下石。

"在家靠父母,出外靠朋友",除了父母兄弟等亲人外,朋友是一个人人生道路上不可缺少的一环人际关系,而且许多事情是靠朋友知交才能处理的。但是,交友之道就是人生之道。交一个好朋友,可以给自己带来诸多益处;交一个损友的话,可以葬送一个人的一生。类似问题,前车之鉴多的是。如何才能得到真正值得交往的朋友,也是至关重要的。可见朋友对一个人的影响之大,所以必须了解什么是益友,什么是损友。真正的好朋友是能互相规劝、砥砺的。

有个故事,颇有教育意义:

从前有个仗义的广交天下豪杰的武夫。临终前对他儿子说:"别看我自小在江湖闯荡,结交的人如过江之鲫,其实我这一生就交了一个半朋友。"儿子纳闷不已。他的父亲就贴近他的耳朵交代一番,然后对他说:"你按我说的去见见我的这一个半朋友,朋友的要义你自然就会懂得。"

儿子先去了他父亲认定的"一个朋友"那里。对他说:"我是某某的儿子,现在正被朝廷追杀,情急之下投身你处,希望予以搭救!"这人一听,容不得思索,赶忙叫来自己的儿子,喝令儿子速速将衣服换下，穿在了眼前这个并不相识的"朝廷要犯"的身上，而自己儿子却穿上了"朝廷要犯"的衣服。

儿子明白了：在你生死攸关的时刻，那个能与你肝胆相照，甚至不惜割舍自己亲生骨肉来搭救你的人，可以称作你的一个朋友。

这个儿子又去了他父亲说的"半个朋友"那里。把同样的话诉说了一遍。这"半个朋友"听了后说："孩子，这等大事我可救不了你，我这里给你足够的盘缠，你远走高飞快快逃命，我保证不会告发你⋯⋯"

儿子也明白了：在你患难的时刻，那个能够明哲保身、不落井下石加害你的人，也可称作你的半个朋友。

那个父亲的临终告诫，不仅仅让他的儿子明白了交友之道，也给我们提示了一个交友的道理：一个人可以广交朋友，也不妨对朋友用心善待，但绝不可以苛求朋友给你同样回报。善待朋友是一件纯粹的快乐的事，其意义也常在此。如果苛求回报，快乐就大打折扣，而且失望也同时隐伏。毕竟，你待他人好与他人待你好是两码事，就像给予与被给予是两码事一样，你的善只能感染或者淡化别人的恶，但不要奢望根治。当然，偶尔你也会遇上像你一样善待你的人，你该庆幸那是你的福气，但绝不要认定这是一个常理。

## 说说"男怕进错门"

人们常说:"男怕进错门,女怕嫁错人。"它的另一个版本是:"男怕入错行,女怕嫁错郎。"这句话很形象,说明了男人抑或女人一生关键的那一步至关重要。

道理不言自明。一个男人,只要进对了前途远大、收入有保障甚至油水很大的行业或单位,不但不愁养活不了妻小,而且自己还会有更大更好的发展机遇。一旦步入一个不大景气或者濒临破产的企业,往往连温饱问题都难以顾及,就更谈不上其他了。

同样是大学生,接受同等学历教育。一个农民子弟毕业后回到故乡,被分配到一所乡镇中学教书,一般情况下,他这一生就定在了这个岗位上了;而另一个同学的爸爸是领导干部,他却被分配在了国家部委工作。从此,当中学教师的同学,即使乘坐飞机,也赶不上到国家部委工作的同学的脚步了。人家干三两年可能就是副处长、处长,再干几年有可能成为副司长、司长;而中学教师要奔一个中学校长,甚至得十多年努力,再奔个县一级的教育局长,则路程更长。即使干到教育局长,才是个科级干部,比人家那处长还要小多了。再譬如,另外一个同学被分配在乡镇任职。刚到乡镇后,给你个办事员,按照正常的、最快的速度,干上三年左右,提拔个副股级;再干三年左右,提拔你当个乡镇长;继续干三年左右,再当乡镇书记;再干三年,提拔你当部门的局长或部长;正常进步,三年后当个副县长什么职务,不断进步,已经耗掉了十八九年的时光,才是个副县级,还有大部分人没有这个运气和机会。十八年后的小伙子,早已人过不惑之年了,人家分到国家部委的同学,这阵子说不准将省部级领导都干到位了。这就是进对门进错门的差距。看来,门有大有小,大门小门对一个人的影响可谓大矣。

同是参加工作,就看你被分配到哪个单位。分配到行政事业单位的,即使成不了富翁,也会一辈子衣食无忧;如果分配到前景不好的企业里,一旦企业倒闭了,你则成了下岗职工。

我们不说级别,就从经济水平来看,在发达地区和大城市,社会上公认的最肥、最气派、最有发展前途的行业或单位往往是外资企业。如果能到外资企业中做个白领阶层,对于许多人来说,不仅是一种运气,甚至是一种荣耀;那里既有丰厚的收入和待遇,更有机会出国深造以至于让事业向国外发展。相反,在欠发达地区,外资企业实在太少以至于没有。于是,最好的行业或单位,主要是那些实行垂直管理的行业或单位,如保险、金融、电力、邮政、电信、烟草、税务、盐业管理等部门。这些行业或单位,或直接与钱打交道,或做垄断性的独门生意,或有收费权力,或属于执法部门等等,总之是工资福利待遇普遍看好。如果没有特殊的才能,置身垄断行业不失为一个快速致富的办法,对于男子汉来说,选对专业不啻是一大福音。男人生下来,便是要顶天立地的,但进错了门,则什么事也干不好。这便是社会的复杂性。作为男人,就看你进的是谁家的门。

人的一生,需要进出多少门,根本无法估算,尤其是进入社会、需要就业之时所走进的各个门,每一扇大门的开启,对门里和门外的人都有着不同程度的吸引,也是一种对未知世界的了解和把握,门里面的人看不见门外的精彩,门外的人又不知门里面的热闹。门外的人拼命地想挤进去,门里面的人则可能想走出来。人生之门,对一个人来说是太重要了。

门有好坏,有时进出在于自己,有时又身不由己;门也有大小和前后,何时该进大门,何时该挤小门;何时进前门,何时出后门,值得费思量。正由于各式各样的门对人的诱惑,人与人之间就出现了各种微妙的关系,为了进一个像样的、高档的门,一些人不惜采取各种手段让自己去高攀。说文雅点,就需要自己去把握,需要为自己寻找机遇。

人生在世,最好的朋友是自己,最大的敌人也是自己,关键在于能否真正看清自己、认识自己,给自己有一个准确的定位。这就需要对自己的人生进行规划。也许有的选择会给自己带来痛苦,但选定了的方向,就要为之而去努力和奋斗,这取决于自己的态度。

# 再说"女怕嫁错人"

某村有姐妹二人,姐姐品学兼优,考大学时,以几分之差名落孙山。从此,命运对她十分不公,本想复习再考,家庭条件限制,父母不许再考了,最终嫁给一个小镇上的个体户,夫妻二人一直从事小百货的经营。尽管经济上还算凑合,但就这样成了现实生活中的一个普普通通的劳动者。妹妹则不然,初中毕业后就不愿意再深造,家里人硬逼着去读高中,还未毕业,就已放弃。谁知到婚嫁年龄时,别人给介绍了邻村一个在部队服役的团职干部,她由于长相俊美,团级干部一眼也就相中,结婚时间不长,就成了随军家属。到部队一段时间,还被安排了工作。随着丈夫的转业而转业回乡,安排在市上的某部门工作。姐妹俩不同的婚嫁,结果大相径庭。恰恰应了那句话:女人学得好,不如嫁得好。

多年前有个商洛花鼓戏《屠夫状元》,戏词里引用了民间的一句俗话:"跟上当官的做娘子,跟上杀猪的翻肠子。"细想起来,真可谓至理名言。现实之中,确实如此。县长、书记的"太太",出门进户,小车相送,随从伺候。即使结婚时是普通农民,随着老公职务的升迁,后来都有工作单位,甚至有人在单位只领工资,从不上班。农民的"老婆"呢,丈夫在果树地里施肥,你就得跟上疏花疏果;丈夫开个小餐馆,你就得跟上洗碟子洗碗。丈夫如果真的是个杀猪的屠夫,你不翻肠子谁翻呢?

现实社会,无论人们的独立意识有多强,心性有多高,以社会主流来看,让每个女孩子都追逐事业成功显然不靠谱,而除了出身之外,女人改变自己命运的最大机会,就是嫁人。往俗了讲,"上对床"的问题,关系到女人下半生的命运。

结婚,是女人一生中最重要的事情。每个未婚女人无一例外地期盼着自己能嫁个温柔多情、善解人意、宽厚从容、感情专一的男子,当然,有一定经济基础,再英俊潇洒就更好了。什么是你心目中"极品男人"的标准呢?在这个处处洋溢着喜庆的年头,什么样的男人才能让女人放心去嫁?

从中国人传统的观念来说,女人的婚姻对女人来说重于生命,封建社会的女人要对男人从一而终。一旦走错了这一步就不能回头了,所以女人最怕的是嫁错了人。随着社会的发展和进步,女人可以自由选择自己的婚姻,但是受传统观念影响的人还是很多,对于婚姻,女人都想要有结果,所以更要选对人。商品社会对现在人的婚恋观念冲击也很强烈。人们的恋爱婚姻观也在发生着某些变化。由最初的男才女貌,演变成了男"财"女貌;由才子配佳人,发展到现在的"财"子配佳人。一字之差,音同字不同,其意思则完全地变样了。因为现在人们越来越注重现实了,其先行者当然是高智商的人群了。她们是天之骄子,所以近年就不断出现女大学生"宁愿做大款的二奶,也不做穷人老婆"的这种说法,还有"宁在宝马车内哭,不在自行车上笑"的戏言。

女人嫁人的开始,看的都是男人表面上的现象,比如金钱、比如地位。对于男人本质上的东西,往往是难以窥视的。我们认为,嫁错嫁对人的关键,还是要嫁个真正的好男人。夫妻生活毕竟是终生相伴。女人嫁给官位,官丢了的时候如何办?女人嫁给钱财,钱财流失之后又该如何?因此上,所嫁的男人应该有才能有责任感,有事业心和进取心,身心健康,心胸开阔,与人为善,孝敬父母,能顶天立地,没有赌、毒、偷等不良嗜好,那不失为一个好丈夫,将可相亲相伴一生。当然有人说,在现今社会,没有什么不可以,朝嫁夕散也未必不可,但对追求花好月圆的人们,又何必多此一举呢？

　　"男怕进错门"，一旦门进错了，现在有的是门，还可以另进一家门，换几次工作，学会适应新的环境即可解决；但是，"女怕嫁错人"，这就比较麻烦，因为嫁错人却不好频繁换人，每次换人男女双方必将两败俱伤、身心重创。即便错了，要改过并非那么容易，嫁郎还是嫁"狼"，对错只在一瞬间。尽管现在的改嫁离婚不像前多年那样讳莫如深，但离婚对于女人毕竟没有改行跳槽那样轻松。毕竟几经折腾后，会身心俱疲，花颜飘零了。作为一个女人，最悲惨的事，就是嫁给一个她根本就不应该嫁给的男人，那么，这个男人最大的悲哀也就相似。彼此貌合神离，夫妻生活有何意义。女的怕嫁错了郎，男的怕上错了床。

　　鞋子是否合适只有自己的脚清楚。婚姻生活是否幸福不是给别人看的，许多看着门当户对、外表光鲜的婚姻并不一定就幸福。相对而言，婚姻质量好与坏男方起的作用比较关键，他的信仰和品位将直接影响二人的生活品质，毕竟目前这个世界仍是男性占主导地位（没有轻视女人的意思）。同时，婚姻又是门艺术，男女双方要用欣赏的眼光去用心经营，努力培养共同的志趣和爱好，让婚姻生活更加丰富多彩。

# 家有贤妻夫祸少

作为男人,一生能遇到一个好妻子,真是一种造化,一种运气,更是一种福气。贤妻良母,向来是中国百姓人家所遵从与希冀的女性典范。一个"贤"字,赋予了作为人妻的女人太多太多的丰富内涵。古人云:"家有贤妻,夫不遭横祸。"

对于一个男人,无论在外面经受多大的风雨,家是最值得信赖的地方,是避风的港湾,是放松的地方。最了解丈夫的应该是他的妻子,妻子的闲谈与爱抚会在丈夫心中起到一定的作用。如果妻子正直,丈夫就会少出差错;如果妻子贪小便宜,丈夫也就难以清白。她开始背着丈夫就干了,等丈夫发现已晚,最后同流合污。《菜根谭》的作者洪应明就说:"悍妻诟谇,真不若耳聋也!"浓妖不及淡久,婚姻也是如此。对于一个男人来说,重要的在于选择妻子,选择了什么样的妻子,就选择了什么样的人生。

因此,盼望贤妻,也就成了众多男人的理想。以愚之见,一位贤妻应该具备以下的基本条件吧!

善良。女人的善良体现在大度、大量诸方面。善解人意,懂得原谅和包容别人。女人最重要的品质应该是善良,且百善孝为先。不让丈夫夹在自己和婆婆中间受气的女人大都是善良的女人。善良的女人可以容得别人说错话,办错事,拥有给别人改过机会的好品质。或者当别人误会你、中伤你、恐吓你时,会不计较别人的过失,大方的原谅。女人因可爱而美丽,而不是因美丽才可爱。可爱的女人是善良的女人，善良的女人才最美丽。

贤惠。贤惠是女人的一种美德，一种魅力，一种思想境界，一种心灵的美丽。一个女人，能让老公倾心，能让公婆放心，能让孩子安心，就是贤惠的典型。女人一旦结婚，夫妻就成为一个共同体，也就荣辱与共。聪明的女人要善于从平淡枯燥琐碎中发掘出生活的乐趣，让丈夫感受到家的温情和关爱。即使夫妻因为什么事发生矛盾后，也要尽量把双方的争吵化解在私房内。妻子要努力成为丈夫真正的知己，能包容他的缺点。当丈夫遇到挫折时，不说一句损其尊严的话。尤其是当他陷入矛盾、遇到困惑、遭遇挫折时，在他最需要的时候给予最恰当的帮助和最贴心的关怀，这样才有利于家庭的美满，丈夫才会取得更大的成功。

要有思想有品位。女人不同于男人，男人需要的是粗犷豪迈及其潇洒，而女人需要的是矜持、含蓄、温婉，她的妩媚娇柔则惹人怜惜。女人需要一种意境，应该让人感觉有气度、有光彩，说直了，就是品位。女人品位的内涵是要有思想，而不是脸蛋的光鲜。思想品位使得她不屑于东家长西家短式的闲话是非，不无事闲议他人非，应该有自己独具匠心的见解和处事待人的风格。

知书达理。优雅女人的气质和教养是丰富内心的流露，女人知书达理，就会更加懂事、更加贤惠、更加善良。女人身上的美德，不是独立的，是相互融合的。我们不强求女人琴棋书画样样精通，但适当读一些有品位的书籍，能欣赏一些有情趣的音乐或者书画作品，对于提高女人的品位大有裨益。

对于女人来说，千万不要攀比。不要拿自己的男人和别的男人去比，也不要和别的家庭去比。男人最不喜欢不知足不安分的女人。女人过分的虚荣会让"财大气粗"的男人感到精神紧张，甚而为此不堪重负。人常说，"成由勤俭败由奢"，安于现状和乐观的天性能使女人将青春延续。即使自己的老公没有多大能耐，也应该尊重和在乎他。别指望自己的老公能上天入地，哪个男人能忍受自己的老婆成天在自己的耳边唠叨？什么窝囊废啊，什么没出息啊，你看人家张家的男人又升官了，你看人家王家的男人做生意又赚了，你看人家李家的男人把亲戚又安置了等等。女人如果整天这样，在不停地挑剔自己老公的缺点时，一种情况下，老公就会想，你找别的男人好了；另一种情况下，老公经不住老婆的引诱和误导，会在自己的职权范围内开始伸第三只手或生非分之念。

实际情况就是，跌倒在"枕边风"里的丈夫们为数众多，在物欲诱惑面前，他们的耳边经常出现"谁谁有本事""谁谁挣钱多""谁家又买了高级汽车、新房子"的"提醒"和抱怨，这会出现什么结果？近些年官员夫妻双双银铛入狱的案例频频发生就是个明证。透过众多类似的案例，我们会发现一些共性的东西，往往是一些投机分子，为达到自己的目的，在钱财无法正面突破的情况下，就会集中"火力"进行侧翼进攻，也就是"官员"们的大后方。如此一来，正面工事再坚固也抵不住内部构造的瓦解，很多案例表明出事的官员不是自身"定力"不够，而是因为自己的老婆被人家握住了把柄，所以才不得不违心又心存侥幸地去做一些阳光背后的"交易"。殊不知，这是一条不归路，只要中了"马无夜草不肥，人无外财不富""不拿白不拿"的招数，悬崖勒马的结果也是马失前蹄，不死即伤。

"妻贤夫祸少，子孝父宽心。"冯梦龙在《喻世明言》里的这句话哲理深奥。我们不是苛求女人必须如何如何，而是觉得女人只要能做个贤妻的话，对于一个家庭来说，无疑是一种福音。

# 男孩儿看小时与媳妇看来时

农村人喜欢说:男孩儿看小时,媳妇看来时。这句话说全面点就是,一个男孩儿将来的发展趋势如何,他小时候的表现,就能看出一些眉目;一个媳妇在结婚之后能否成为好媳妇,她订婚之后来婆家做客,或者刚进门之后的表现,也就能看出一些端倪。

男孩儿成年之后能否成才,七八岁或者十四五岁就可以基本断定。譬如,一个喜欢和大人交流和打交道的男孩儿,长大后相对就有出息;对于自己的情绪能及时控制、勤奋、节俭的男孩儿,也是有出息的孩子;对穿衣吃饭、生活上的其他细节不过于讲究的孩子,长大后也会注意过日子;酷爱读书、勤于学习,幼时即可通晓天南地北的孩子,长大后就易成才。能够独立生活、独立处事的男孩儿,长大之后也就有所建树。相反,那些自小就显得木讷、难缠、头脑不清或者惹是生非的男孩儿,是难成大器的。

早年,农村人自幼给孩子订个媳妇。在其还未过门之前,偶尔来婆家后,这未过门媳妇的言行举止,也相应能看出她结婚之后将是什么样的人来。一个有眼色的未婚妻,来了之后,能将自己置身于主人的地位,会主动打扫厅室,帮助婆婆干家务活,或者主动进厨房做饭炒菜,能主动为公婆端茶递水等等。这样的媳妇过门之后基本上就是好样儿的。如果未过门的媳妇到婆家后,将婆家人置之度外,纯粹就像个客人,和婆家的人显得生疏,不大说话,不愿干活,不甚往来,草草住上一半天就匆匆离去者,这样的媳妇以后过门之后,一般出息都不会有多大。这就是农村人说的"媳妇看来时"。

在几十年前的农村,一个女孩儿和谁家的孩子订婚后,一般情况下就会终其一生的。媳妇未过门前到婆家后的表现是十分重要的,从中也可窥探出她对自己这个未来新家庭的态度问题。

儿子小时候和媳妇来之后的表现,与他们家庭的教育有着直接的关系。无论男孩儿还是女孩儿,他们的一言一行与其父母的教育培养都息息相关。家庭本身就是一个小社会。小孩子长大了,也就成为家庭成员。孩童时期的举止行为,也就能判断出他或她成人之后的能力和为人。小时候是这样,成人之后也是这样。旧社会,彬地有个叫刘南庵的大户人家。刘南庵有六七个儿子,他觉得他们都没有当家理事的本领,就想在儿媳妇里面挑选一个能当家主事的人来。于是就留神观察每个儿媳妇的举止。其他儿媳妇下地回来,将农具随地乱放,而最小的儿媳妇每次下地回来后,就将家具放在固定的地方,且放得颇为到位。有一次,儿媳妇们快回家时,刘南庵有意将一个盛满食油的油壶倒放在大门口,让食油流淌。其他儿媳妇回来后,各走各的,甚至绕开走。只有走在最后的小儿媳妇,赶忙将油壶扶起来,放回原处。再用细土覆盖住流在地上的食油,让其渗到土里面后,再将其铲到笼里,提到门边的地里,当肥料用。仅此举动,刘南庵就将当家人的位置交给了这位儿媳妇。

旧社会,人们有个陋习,一般给儿子订婚时,都喜欢找有钱人家的女儿。俗语说:"宁娶财东奴,不娶穷家女。"还有一说是"财东家惯骡马,穷汉家惯娃娃"。就是说有钱人家的家教严,女儿也就懂礼貌,穷人家往往家教赶不上,女儿少教养。即使是现在,在我们这儿,人们要给孩子订婚,也在暗地里要将双方家长考察一番。一个良好的家庭就会有良好的家庭教育,那些家庭环境较差的家庭,养育出来的儿女让未来的丈人爸妈或者公婆不大放心。它从中反映出的是家庭教育的问题。

人一出生,就会受到环境的影响。在环境的影响下,形成各种思想观点和行为习惯,获得一定的生活知识和经验。在古代,劳动人民的子女教育,主要是靠家庭教育。由父母直接教习,学习生产技艺,传授处世之道和勤俭持家的经验。家庭教育是指父母或其他年长者在家庭中对孩子进行的教育。它早于学校教育,又是学校教育的基础。父母是孩子的第一任老师。在家庭教育中,家长的生活、工作、言行举止及为人处世的种种表现,都有可能成为孩子效法的榜样。当然,这种教育在很大程度上是家长自身的生活准则、对周围事物的评价和态度,以及自己的思想品德,对孩子所产生的一种潜移默化的间接影响。大量的家庭教育是在无意识、不自觉中进行的。如果父母不和睦,经常吵吵闹闹,孩子也就往往爱生气,易激动;如果平日父母很少和孩子说话交谈,孩子的说话能力及智力也会受到影响。尤其是在孩子的启蒙时期,如果没有良好的家庭教育,学校教育是难以收到预期效果的。相应,父母如果能够共同协商,对孩子的教育保持一致,就能对其教育起到良好的作用。所以说,家庭环境的教育,直接影响少年儿童精神和道德的培养,影响孩子的学习兴趣和情绪。

由此看来,"男孩儿看小时,媳妇看来时"的说法不无道理,也算得上农村人多年的实践经验之谈。

# 穷养儿与富养女

在农村，人们习惯上有一种说法："穷养儿子富养女。"就是说，对于男娃要穷养，对于女娃，则要富养。绝大多数人是这么说的，也是这么做的。

比如，在一户较为贫穷的农家，在同等条件下，家里有儿有女，做父母的，一般情况下，重活会让男娃干，轻活则留给女儿；穿戴上男娃可以将就，胡乱给弄件衣服，女儿则尽可能给缝制像样的衣服。其实，这是农民群众朴素的养儿育女观念，多少还有点儿偏颇。

"男孩儿穷着养，女孩儿富着养"是在中国流传很久的一句教子格言，之所以根深蒂固，有它一定的道理在内。常言说："从来富贵多淑女，自古纨绔少伟男。"男孩儿和女孩儿的不同性别和内心的需求，决定了男孩儿和女孩儿不能"混养"的事实，构成了男孩儿女孩儿健康成长的多元化思维是穷养儿子，其实这也是对男孩儿一生的投资；富养女，其实是一种文化修养的投资。这里所说的"穷"和"富"，包含了不同于金钱的意义，更多的是一种品质上的培养。如果养的是儿子，就要刻意使他尝试生活的艰辛，从小磨砺他们坚强的意志，以备将来他能担当应尽的责任，从而成长为一个真正的男子汉。培养男孩儿，就要让他多吃些苦，让他有奋斗、打拼、改变的动力和意志。培养女孩儿则相反，就要让她多享些福，给她尽量好的物质条件，把她塑造得优雅、大方、得体。就要尽可能地为她营造一个富足舒适的成长环境,从小使她对高质量的生活耳濡目染,这样培养出来的女孩子长大后会很有品位,会创造有情调的生活。

先说穷养儿。男孩儿强调的是养"志气"。对于儿子的穷养,其实也可以叫作贱养,就是要让他吃苦甚至受点儿罪。即使是很富的家庭,也不能让儿子生活过得很安逸,这样,让他早点尝到社会知识和经验,会赚钱,会生活。对于每一个男孩儿来说,他的成长和成熟经历中,都需要自立自强,需要承担更多的责任,需要面对更大的困难,也需要不懈的自我奋斗。一个成功男人的成长和成熟,就是一个不断挑战自我的过程。有好多人认为,"穷"养男孩,就是控制孩子的花销,不要给他们太多的享受,以免惯坏他。这样的理解有点儿片面。其实,"穷"养男孩儿,并非就是要让他们吃糠咽菜,忆苦思甜,也不是让他们承受不必要的非人折磨和痛苦,而是要父母减少对男孩儿的娇生惯养、包办代替。重要的是,通过对"穷困"和"艰苦"的切身感受,对孩子意志、品质、性格、心态的磨砺、锻炼和培养给孩子带来的价值。物质上的束缚少了,才会使精神更为富有。人是要有点儿精神的,而不是整天守着自家的一亩三分田。艰苦的环境远比富足的环境更能磨炼人的意志与情趣。由俭入奢易,由奢入俭难,男孩儿更应懂得这个道理。让他们从小多一些经历,多一些锻炼,培养他们坚韧、顽强的性格,才会有利于他们的健康成长。

再说富养女。女孩儿重点是要养"气质"。虽说女孩的相貌由天而生,可也需要后天的精心呵护,需要平日的精致雕琢,需要时时的矜持自信。如果一个女孩儿,不注意外在的形象,又何曾会来气质与韵味呢?而这些,显然需要具备一定的物质基础,温饱之余,才有闲情逸致。富养的女孩儿,更易领会什么是美,更易懂得怎么才美。所以对于女孩,就要好好养,培养她的情操、内涵、气质,处理人际关系。要重视对女孩的文化修养的投资,性情的陶冶,如有条件的话,可以让她学学琴棋书画,在家里多给一些关心,让她感觉自己精神上很富有,有安全感和自豪感。也就是说,要从小培养她的气质,开阔她的视野,增加她的阅世能力,增强她的见识。女孩儿最应该培养的品质首先是善解人意,有一个好的性格,能控制自己的情绪,对给予她帮助的人都要心怀感激和感恩,做一名优雅的淑女。

无论对于子女的穷养还是富养,其内涵都在于教育。作为家长,要弄清这个目的,不论男孩儿还是女孩儿,关键是要培养他们的自信、自立和智慧的人格修养。当然,对于这一话题,也不能生搬硬套,并非对每个孩子都适用的规则,而是要根据孩子来制订不同的教育方案。家长应该根据孩子的实际因材施教,尊重孩子的意愿,才是每个家长和做父母的最终要走的教育之道。

# 爷爷为啥爱孙子

生活当中,爷爷奶奶辈的人往往爱孙子胜过爱儿子。特别是农村老人在相互戏言之间,甚至直言不讳地承认自己"爱孙子不要脸"。

这是一种自然现象,道理其实也很简单。人到老境,夕阳日短。很容易离开这个世界,作为大多数人都能意识到,钱财是带不走的,不用说希望在他百年之后也有人继承自己的姓氏和血脉。孙子毕竟是自己的骨肉至亲,对孙子付出一份爱,对自己也是一种很大的安慰。

好些老人在年轻时,工作忙,生活负担也重,教育自己的儿子时,基本上是边干边学,捎带着在不经意间慢慢把子女养大。总感觉给孩子付出的爱很少。如今儿子长大了,有自己的主见了,对老人的一些话,不一定言听计从。疼他的方式跟疼小孩子的方式不同了。当他们有了隔辈人时,又唤回了自己生养子女时的感觉,他们会很悉心、很珍惜,格外喜欢重新尝试养育小孩子的心理。其实爱孙子就是疼儿子,是帮着儿子疼他的儿子。爷爷奶奶年轻的时候上有老,下有小,还得工作,精力不够分配。退休了,就把这种爱转移到孙子的身上了。有爷爷奶奶的孩子是幸福的。所以,就会出现隔辈亲。

"隔辈亲"风俗的产生,是有其历史渊源的。《礼记·曲礼上》记载:"《礼》曰:'君子抱孙不抱子。'此言孙可以为王父尸,子不可以为王父尸。"《辞源》注释:"尸:神像。古代祭祀时,代死者受祭、象征死者神灵的人。以臣下或死者晚辈充任。后世逐渐改为用神主、画像,尸的制度不复行。《诗·小雅·楚茨》:'神具醉止,皇尸载起。鼓钟送尸,神保事归。'"正是因为尸是"古代代表死者受祭的活人"(《辞海》),所以尸很受古人尊敬。《礼记·曲礼上》:"为人子者,……祭祀不为尸。"而"孙子可以充任祭祀祖父时的尸",所以在普通老百姓中爷爷对孙子更看重一层,也更厚爱一层,对其呵护备至、体贴入微,以期其苗壮成人,以备有朝一日自己驾鹤升仙时,好代自己享受亲人祭祀的美味佳肴。再加上中国几千年生儿育女传宗接代封建思想的侵蚀和根深蒂固的影响,老年人对孙子更是爱护有加,真是抱着怕摔着,放下怕碰着。随着时间的推移形成了"君子抱孙不抱子"的"隔辈亲"社会现象。

所谓的"隔辈亲"说的就是老人对孙子的疼爱、亲昵、关心、赞扬、支持等积极情感的程度常常比他们的父母还深。它有利的一面是,爷爷很少对孩子生气,很少打骂孩子。老人对于孩子的身体发育和生活照顾经验远胜于孩子的父母,尤其是孩子很小的时候,有老人在身边帮助或指导能给大多数的"新任"父母提供很有价值的意见。老人的经验对于新父母的角色适应、孩子的身体健康发育、孩子生病时的判断和护理等,都是十分有益的。如果这些积极情感和行为没有演变为溺爱,那么当然会对孩子养成关心别人、善良、体谅、接纳、合作等积极的人际情感和人际行为发生明显的促进作用。

弊端则是,许多老人容易在教育孙辈时会出现"疼爱有余、管教不足",甚至无原则地迁就和溺爱。这样当然会对孩子的性格发展带来长期而严重的不良影响。有研究表明,溺爱型的教育方式很容易使孩子形成自私、骄傲、依赖和任性等不良性格。还有,有些老人在现代营养知识、科学育儿方式等方面可能会欠缺一些,有些老人还会固执地按照几十年前的方式照顾孩子,对"新潮"父母的种种"大胆"做法——如少给孩子穿点儿衣服、让孩子打打赤脚、洗洗凉水澡等等极为不满,生怕孩子会被他们折腾出什么毛病来,所以会出现父母在的时候执行父母的一套,一旦父母离开了,老人立刻又给孩子改回自己习惯的另一套。因为隔代更亲,老人对孩子的照顾将会更加周到和迁就,使孩子缺少应有的锻炼和适应环境的机会,导致孩子体弱多病或养成偏食、挑食等不良生活习惯。

隔代教育的效果是好是坏,要视各家各户的具体情况而言。更为重要的是,作为爷爷奶奶,爱孙子不能溺爱,要教育他们健康成长。"隔辈亲,亲又亲,砸断骨头连着筋。"无论如何,父辈隔着儿子辈更疼爱孙子辈,隔辈人之间的这种特殊的血浓于水的亲情,是什么也替代不了的。

著名歌唱家阎维文,曾推出一首叫《隔辈亲》的歌,向我们呈现了一段淳朴的、自然和谐的、不经雕琢的祖孙之情。这首歌的歌词也让人回味无穷:

都说隔辈亲

隔辈亲在心

都说隔辈爱

隔辈爱在根

摸摸你的小脸蛋

看看你的小眼神

亲亲你的小脚丫

吻吻你的小脑门儿

抱起你呀小宝贝儿

就是抱着幸福

亲情和温馨

都说隔辈亲

血脉一家人

都说隔辈爱

老来享天伦

你的笑脸多可爱

你的哭声也动人

你的动作太顽皮

你在梦里也不安分

抱起你呀小宝贝儿

盼望你一天天长大

一天天长大

抱起你呀小宝贝儿

乐享天伦隔辈亲

隔辈亲隔辈亲隔辈亲隔辈亲

# 漫议"好儿不使老子钱"

有句民谚说:"好儿不使老子钱。"它与另一句谚语"好男不吃分时饭,好女不瞅嫁时衣"有着异曲同工之妙。前者的意思是好男儿当早点儿自立,不要过分依赖父母。后者意为有志气的男人,绝不会依恋分家时留下的产业;有志气的女子,绝不会留恋出嫁时收到的衣服。分时饭:是指兄弟分家时,祖业所留下的产业。嫁时衣:是指女子出嫁时,父母所送的嫁妆。这两句话是在劝人自立,应该凭自己的头脑与双手,努力开创自己的事业前途,不该依赖祖先的遗产。

关于不使老子钱财,有则典故介绍,宋朝时,日本僧人妙见道佑(1156—1256),来中国参于径山无准,一日入室,无准问:"日本国里有禅也无?"道佑:"大唐国里亦无。"无准为之深肯,将辞去,写顶相求赞,无准乃书曰:"从来震旦本无禅,少室单传亦妄傅,却被道佑觑破便知,老僧鼻孔不在边口,谩把虚空强描貌,好儿终不使爷钱。"道佑回国后,隐居京都洛北妙见堂。寂于东福寺。看来,古人对此也早有论述。倡导好男儿要学会自立自强,不要过分依赖于父母。

一个男儿,使用不使用老子的钱财,这是一个辩证的话题,也不是绝对的。作为父母,绝大多数人的一生努力,都是为了儿女着想的。儿女是父母的继承人,是他们的精神支柱和生命依托。一个大男人,娶妻生子后就感到自己有了继承人。平时奔波,就是为家庭和儿女着想。

中国父母的天性就是为了儿女甘愿牺牲一切。独生子女政策使好些家庭只有一个孩子,这就让父母们认为必须为孩子奉献一切。孩子成长过程中遭遇的竞争很激烈,父母总希望能为孩子提供更好的学习条件。做父母的自己经历了太多的人世沧桑。饱经风霜之后,总希望孩子能过上安稳的甚至是更好的生活。鉴于此,好些父母省吃俭用,几乎把所有的钱都存下来替儿女交学费、找工作、买房子、结婚、照顾孙子等等。面对这种现实,谁说好儿不使老子钱呢? 使老子钱的大有人在。

问题出在了由于有父母做后盾,有父母的经济支撑,在现在的年轻人里面,出现了一批啃老族。啃老族也叫"吃老族"或"傍老族"。他们并非找不到工作,而是主动放弃了就业的机会,赋闲在家,不仅衣食住行全靠父母,而且花销往往不菲。"啃老族"年龄都在 23-30 岁之间,有谋生能力,却仍未"断奶",是靠父母供养的年轻人。社会学家称之为"新失业群体"。现在的啃老族的诞生,多半是因为儿时父母过于溺爱的行为而导致的。大多数啃老族们因为从小依赖父母习惯了,失去了在生活中和社会上独立自理的能力,而且也养成了懒惰和只享受别人的劳动果实的习惯,因而长大了还只会在父母的羽翼下生活。

相比之下,美国的父母更懂得享受生活,而不是为了孩子牺牲自己的一切。一位美国青年就回忆说:"在我年满 18 岁可以挣钱支付学费后,我的父母就实现了他们的梦想,在山区买了一片土地,建了自己的小屋。我和哥哥姐姐都常常收到父母寄来的照片,和他们分享居住在山间的快乐。我结婚的时候,我和我的新娘从父母那里得到的礼物除了 30 元钱,就只有一句关于婚姻的忠告:一对愿意向对方说'我爱你''对不起'和'请原谅'的夫妻将会白头偕老。"我们的父母其实亦应学学人家美国的父母。毕竟眼下中国的社会保障制度还不完善,他们应该把钱用于自己的健康和养老。年老的父母们有权享受更好的生活。即使自己享受到应该享受的生活,也能逼着儿女们早日学会自立。

儿子使用老子的钱,是两相情愿的事。作为老子,其艰苦奋斗一生,是为了给儿女打好基业。作为儿子,孩提时代,不能自立,需要父母扶养,生活必需的花费另当别论。成年之后,在花费老子的钱财时,就应该思考如何去花。一个有志男儿,如果得到父母的钱财后,就应该考虑拿钱去创业,将其作为自己的本钱,然后不断扩大,这属于正道。千万别像啃老族那样,好吃懒做,坐吃山空,即使父母为其留下金山银山,同样会沦为乞丐的。

当然,有出息的孩子不靠父母。靠父母的孩子,父母靠不上;不靠父母的孩子,父母能靠住。有的父母,尽管家境贫穷,没有为自己留下足够的钱财,却把做人的能力传承给了子女,"穷人的孩子早当家",一些子女虽然没有继承下父母多少家业,照样自己创业,终成大器。我们倡导的还是"赤手出门无活计,好儿终不使爷钱"。

## 承受苦难是好事

受苦受累,不是大多数人愿意追求的,而是由于各种环境逼着人不得不去承受。譬如,在生活十分困难之际,无吃无喝时,吃糠咽菜都能行;没有房子的时候,茅屋和窑洞都能居住。也就是说,人可以随着经济条件和自然环境的变化而变化,特别是艰苦的环境可以使人变得更加坚强不屈。在这方面,已故作家史铁生堪称一面镜子。

作家韩少功曾说,1990年的文学,只要有史铁生一篇《我与地坛》就够了。史铁生和学者王尧有一段对话录,其关键词是生命、终极关怀、人和神、生与死、怜悯和爱、生命的意义和价值等。其中史铁生有一句话,足以让人震撼:"有了一种精神应对苦难时,你就复活了。"是的,史铁生一直是让我们心存敬畏的强人。作为一个已经作古的名作家,他不是用苍白的文字来写作的,他是用赤裸的灵魂在写作的。他的作品因为有真实的生命体验、通透的生命领悟、悲悯的生命情怀、豁达的生命姿态、智慧的生存方式,而使他在当代作家中卓尔不群、一枝独秀。

那么,史铁生到底有多少苦难呢?命运给史铁生的苦难确实是够损的,是我们常人无法企及,甚至感受不到生命的意义和快乐就会使自己的精神早已崩溃了。但是史铁生不同于常人的就是"铁"生的。他在二十一岁时双腿瘫痪,引起了下肢肌肉萎缩。脊髓功能的损害导致尿液反流而使肾功能受到损害。一侧肾功能衰竭,另一侧肾皮质也变薄、损坏。同年,由于泌尿系统的感染导致败血症。患上严重的肾病后,从 1998 年开始做透析,透析就是把有毒的血从血管中全部抽出来,除去毒素后,再输回到血管,每周做三次。肾透析的病人需要做手术,指导肾部的动脉和静脉引到表层。就这样长达 9 年,1000 多次的针刺,使他的动脉和静脉成了蚯蚓状。因为透析病人不能敞开喝水,最大的苦恼是渴。史铁生每次透析时要脱去 3 公斤水,透析完了非常疲劳,因为在透走毒素的同时,体内的营养也被透支走了。就在这样的状态下,写出了《我与地坛》《病隙随笔》《我的丁一之旅》等作品。史铁生就是以这种特殊的"精神"应对苦难,因而战胜了困难,使自己的生命再生或者复活。

苦难的确是人生的特殊内容,一旦遭遇,它也的确提供了一种机会。人性的某些特质,唯有借此机会才能得到考验和提高。一个人通过承受苦难而获得的精神价值是一笔特殊的财富,由于它来之不易,就绝不会轻易丧失。而且当他带着这笔财富继续生活时,他的创造和体验都会有一种更加深刻的底蕴。

周国平在《苦难的精神价值》一文中也说:"倘若一个人落入了某种不幸境遇,基本上失去了积极创造和正面体验的可能,他的生命是否还有一种意义呢?在这种情况下,人们一般是靠希望活着的,即相信或至少说服自己相信厄运终将过去,然后又能过一种有意义的生活。"

自古雄才多磨难,从来纨绔少伟男。难怪孟子感叹:天将降大任于斯人也,必先苦其心志,劳其筋骨,饿其体肤,空乏其身。范仲淹两岁丧父,随母远嫁,幼时读书甚至连一碗粥都难以吃到。而正是饱尝人生的苦难,使他忍受着巨大的精神压力与身体作战,终于功成名就。能够承受磨难的人历经苦难后真成好汉,不经受磨难的人非真英雄,更难当大任。那些古今中外的风流人物,正是因为他们承受住上天所赐予他苦难的一切,最终才让苦难变成一笔精神财富;而这笔财富对于我们普通人来说,也是值得借鉴的。

# 贫富的不同追求后果

网上有一则流传的关于穷人和富人的段子颇为有趣：

> 加班出汗的是穷人,打球出汗的是富人;
>
> 写材料的是穷人,念材料的是富人;
>
> 写歌的是穷人,唱歌的是富人;
>
> 看球的是穷人,赌球的是富人;
>
> 银行里排队的是穷人,银行里不排队的是富人;
>
> 欠私人钱的是穷人,欠公家钱的是富人;
>
> 吃糖的是穷人,尿糖的是富人;
>
> 喝酒看度数的是穷人,喝酒看牌子的是富人;
>
> 娶媳妇的是穷人,找情人的是富人;
>
> 老婆兼秘书的是穷人,秘书兼老婆的是富人;
>
> 盖房子的是穷人,炒房子的是富人;
>
> 耕种土地的是穷人,买卖土地的是富人;
>
> 种稻的是穷人,种草的是富人;
>
> 养猪的是穷人,养狗的是富人;
>
> 采茶的是穷人,品茶的是富人。

穷人和富人还是有一定的差别的。因为贫富之间的差别,认识问题的角度不同,所以,他们的追求也就大相径庭。

穷人外出,一般都乘坐的是公共汽车,往返一趟西安,往往有百十元钱就能解决问题;而富人外出,一般都坐私家车或者包专车,往返费用大约七八百或上千。

人活着的目的都是为了更好地生存。穷人追求的是脱离穷苦,生活能够解决温饱,过上富人的日子。富人追求的是享受,是把自己的财富巩固和壮大,好好享受挥霍后还能留给自己喜欢的人和自己的子孙后代一大堆,让他们也不愁吃穿!

穷人的追求是快乐,要的是价格;富人的追求是幸福,要的是价值。其实,真正的幸福,那就是别人快乐;真正的快乐,那就是给别人幸福。

穷人无力追求社会地位和名望,只能脚踏实地地过日子,他们珍惜每一粒米,每一元钱。自己由于种种原因,无法跨入富人的行列,就寄希望于子女,认真教育子女求学,盼望他们能够成才。而大多数穷人的这条路还真的是畅通的。自古将相出寒门,"穷则思变",他们的孩子大都有出息,或考上大学、或获得更高的学位。将来成为有用之才。

富人忙于在商场上拼搏,他们对于子女的教育培养,寄希望于贵族学校,大都花大钱将子女送到封闭式的贵族学校去上学。但是,这些孩子或许由于"封闭"的原因,或许有的学到了知识,但却容易失去做人的道德底线,失去了孝老爱亲的传统美德和对社会的责任,好些"富二代"们很难将他们父辈打下的基业传递到第三代的手里。

富人有钱,穷人有爱。穷人自可以在穷的天地里享受贫穷的乐趣。富人因为赚钱,起早贪黑,四处奔波,累得精疲力竭,无奈调理治疗;因为有钱,就花天酒地,海吃海喝,吃出一身毛病,却无暇健身锻炼;因为理财,买房控股,市场动荡,吓得心惊肉跳,无奈彻夜难眠。如此看来,从过日子的角度说,富人和穷人的追求目的其实一致,而真正过上理想日子的反而是穷人。富人的如此折腾到底值不值得!

富人有钱，他们尽可以去构筑自己奢华的天堂，但如果我们不稀罕，他们也只不过是锦衣夜行而已。穷人们同样可以在清贫的世界，自得其乐。人生在世，餐不过两碗，睡不过方寸，又何必那样疯狂地蚕食、掠夺、剥削别人乃至大众？就算某老板赚了数千万，就算某名人有私人飞机出席一台晚会花费百万，又有什么值得稀罕的——他们心中只有自己，大众的心里又何必牵挂他们呢？

当然，我们并非因此仇富，也知道创造财富远比坚守贫穷要先进得多的道理。但是，我们想要真正表述的是：人生在世，富足固然值得追求，但贫穷却并非那么可耻和可怕。如果我们能够在富的龌龊和穷的高尚这个天平上，能多一点修正和自省，富得问心无愧，穷得光明磊落，那才是一片纯净的天地。

# 第二章　处世漫话

# 说忠道孝

中国人在家庭讲究的是"孝",对国家,讲究的是"忠"。

中华传统文化大力提倡孝的行为,要求儿女的行为不能违背父母、家里的长辈,以及先人的良心意愿,在老人面前一定要孝,孝的一般表现为孝顺、孝敬等。孝顺指为了回报父母的养育,而对父母的肯定,从而遵从父母的指点和命令,按照父母的意愿行事。

清人王永彬在《围炉夜话》说:"百善孝为先,万恶淫为源。常存仁孝心,则天下凡不可为者,皆不忍为,所以孝居百行之先;一起邪淫念,则生平极不欲为者,皆不难为。"无论是谁,孝敬长辈先人是必须的行为规范,否则,就是不符合人伦规范的。传统孝道在我国盛行过千年,已成为中华民族的一种美德,是中华民族的文化珍宝。清代曾国藩曾说过:"读尽天下书,无非一孝字。"可见孝道思想在中国思想界的广泛影响。

其实,能够孝敬自己的老人也是一种福。无论穷也罢,富也罢,只要用心去感受,就会真实感受到,孝敬老人其实是一种永不磨灭的幸福和感动。每个人都应该好好地珍惜这幸福,不要等到"子欲孝而亲不在",再后悔莫及。孝敬老人,就是在好好对待自己。如果一个人不懂得孝敬老人,那么在他的身教之下,他的儿女会对他孝敬吗?

孝敬老人,更应该是一个广泛的概念。不能只是局限于从物质上的关心。现在生活水平的提高,儿女们都给老人送吃送穿,但他们内心孤独，究其原因，就在于儿女们整天忙于工作、学习和生意，无暇或不注意与父母沟通，使他们备感落寞和孤寂，甚至惶惶不安。因此，做儿女的应该经常注意与父母沟通和交流，以驱走他们内心的孤独感。当然，沟通方法很多，打个电话，写封家书，带上孩子回到他们身边等。沟通的内容无外乎谈谈工作、生活、学习方面的情况和发生在身边的逸闻趣事，以及孙子孙女的成长健康状况，让父母少些担忧，少些挂念，多些开心，多些欢乐，多些幸福。

中国传统的家庭伦理中，对"孝"的道德价值推崇备至，有"父母在，不远游"之说。然而"孝"也应该是有层次的。对自己的父母，长期侍奉在侧固然是孝，作为男儿，更需要的是"大孝"，则行报国之道，更是"孝"的至高境界。即使在古人看来，也认为这是"立身行道，扬名于后世，以显父母，孝之终也。"因而，从孝敬自己的老人又想到忠于自己的祖国，也就是"忠"，这在华夏历史上，可以说是一个让人慷慨激昂的话题。

所谓"大忠"，就是忠于祖国，这对于古今中外的热血男儿，尤其是军人来说，都是无一例外的首要德行。最为典型的例子当数岳飞的"精忠报国"。岳飞的母亲看到外寇的侵略，面对国破家亡，就指使自己的儿子去抗击外寇。并在岳飞的背上刺上"精忠报国"四个大字，以鼓励鞭策自己的儿子英勇杀敌，报效国家。岳飞也能遵照母亲的嘱托，奋勇杀敌，忠心耿耿，收复了很多失地，保卫了国家和民族的安全，为国尽了忠，为母亲争了气。从这个角度说，他能完成母亲的意愿是谓尽了孝。由于他为人民的安宁和幸福尽了忠心，为天下所有的父母也尽了孝心，这应该属于大孝之心。

作为中国共产党人，毛泽东、刘少奇、周恩来、朱德等老一辈革命家，他们从青年时期就离开家乡，投身于中华民族的解放事业，赶走了日本帝国主义的侵略，推翻了国民党反动派的统治，建立了新中国。使人民当家做主人，使无数受苦受难的父母都过上了安全幸福的生活。开国上将许世友，十几岁当红小鬼参加长征，出生入死一辈子，没有伺候母亲，许世友得的是肝癌，最后的时候很痛苦。到死的时候,许世友给组织上写了封信说:"我这一辈子革命,没有照顾我妈,我妈走了我没尽孝,能不能把我埋在我妈的身边?尽点孝心。"尽管老一辈革命家,没有守候在父母身边尽孝,但他们完成了父母亲所赋予的期望和希望,他们不仅尽了忠,而且是大忠,也是尽了孝,可以说是最大的孝,堪称忠孝两全之人。

　　大忠是立国之本,大孝系兴邦之基。忠孝是中华民族的传统道德的重要内容,是中华民族绵延数千年,历经磨难而生生不息的重要精神支柱。在建设社会主义现代化强国的历史进程中,作为年轻的一代,一定要学习中华民族优秀传统文化,培养孝敬父母、忠于国家的良好品质,对于青年人的成长、成才,以及中华民族的未来发展,至关重要。

# 人生最是老来难

每个人都要经过老年这一阶段。

有一首题为《老来难》的诗,相传为唐代杜牧所作。该诗语言通俗,描述细腻,道尽老年人的生活特点和万般苦痛,劝人要孝敬老人,尊重老人,并委婉告诉人们,孝敬老人也是尊重自己。过去,有人用这首《老来难》写出一个老人拄杖的画像,形象逼真,农村人贴在屋里,用来提醒人们的孝敬心,久传不衰:

老来难,老来难,少年莫把老人嫌。

当初只嫌别人老,如今轮到我头前。

千般苦,万样难,听我从头说一番。

耳聋难与人说话,插七插八惹人嫌。

雀蒙眼,似鳔粘,鼻泪常流擦不干。

人到面前看不准,常拿李四当张三。

年轻人,笑话咱,说我糊涂又装憨。

亲朋老幼人人恼,儿孙媳妇个个嫌。

牙又掉,口流涎,硬物难嚼囵囵咽。

一口不顺就噎着,卡在嗓喉噎半天。

真难受,颜色变,眼前生死两可间。

儿孙不给送茶水,反说老人嘴好馋。

鼻子漏,如脓涎,常常流落胸膛前。

茶盅饭碗人人恶，席前陪客个个嫌。

头发少，顶门寒，凉风飕的脑袋酸。

冷天睡觉常戴帽，拉被蒙头怕风钻。

侧身睡，翻身难，浑身疼痛苦难言。

盼明不明睡不着，一夜小便六七番。

怕夜长，怕风钻，时常受风病来缠。

老来肺虚常咳嗽，一口一口吐黏痰。

儿女们，都恨咱，说我邋遢不像前。

老得这样还不死，你要在世活千年。

脚又麻，腿又酸，行动坐卧真艰难。

扶杖难行二三里，上炕如同登泰山。

无心记，糊涂缠，常拿初二当初三。

提起前来忘了后，颠三倒四惹人烦。

年老苦，说不完，仁人君子仔细参。

莫要嫌，莫要嫌，人生不能常少年。

今日少年转眼老，人人都有老来难！


　　每当读起这首《老来难》时，就会别是一番滋味在心头。韶华易逝，人生易老。谈到老的话题，让人有点伤感。偶尔在街头巷尾会碰到一些当年的人物，而今他们的现状不得不让人感慨万端。有次，我们跟随领导慰问一位当年曾经叱咤风云的基层领导干部。在我年轻的时候，他在我心目中的形象是威武高大、处事雷厉风行、给人一种威严的感觉，也是一位政绩卓著的基层领导干部。多年没见，当我们到他家后，看到的是一位病态的老人，连个头也小多了，当年的风姿已不见踪影。老人看到领导慰问自己时，竟然激动得哭了起来。人到老境，原来这般。在街道碰见一位当年人称小城西施的美女，如今却是满头白发、满脸皱纹，佝偻前行，真是老态龙钟。这不由让人感叹人到老年，如此作难。

　　人生步入老年时代之后，就会遇到诸多的年轻人想象不到的难处。尤其是年迈的老年人，他们生命的辉煌时光已经一去不返。岁月的无情之处就是，即便皇帝老儿总统先生，即便叱咤风云的盖世英雄，谁都无法回避英雄迟暮的一天，老骥伏枥不过是人们对其的溢美之词而已。农村有句土话："少年的英雄老来的鳖"，话虽不雅，却是实情。一个人进入老年之后，体力退化，已经没有强大的力量支撑，形成了心强力不强的实情，好些事情，只能去想而无力操作。加之时不时发生的一些病情，真的将有些老年人折腾得不成人样。譬如大脑萎缩，智力下降，生活上爱唠叨、爱发脾气，和儿女们说不来，受闲气等。农村人戏称老傻了，其实老傻了的老人确实不少。某村有一老人，当了四十多年村支书，算得上方圆数一数二的能成人。当干部时，其能力有些乡镇和县级部门的脱产干部不一定能赶上他。然而人到老境就变傻了。先是见不得自己的儿女，后来发展到认不得自己的儿女，再后来晚上出去撒尿后寻不到自己睡的卧室。最终发展到走到哪睡到哪，衣服脱了不知道穿，穿上又不知道脱的地步……

每个人都要经历从婴儿到儿童、再到少年、青年、壮年、中年以至老年的人生阶段。随着年龄的增长，人的岁数和身体也就会自然变老。这是任何人都无法抗拒的自然规律。老年人困难重重，也是社会自然现象，是由生命周期的客观规律所决定的，也是无人能避免的实际问题，只是问题的成因和大小不等而已。产生这些问题的原因很多。主要有老人自身状况问题，家庭经济状况问题，儿女对待老人态度问题，社会养老保障问题等等。

人到老年的时候，非常不容易。六十岁以后，身体就开始走向老化和日趋衰退，也就逐步进入最困难的时期。无论家庭经济条件的好与差，都将面临身体和精神两个层面的困难。他们不但要克服心理上的压力，还要克服身体上的种种不适应。进而产生生活困难、出行困难、保健困难、就医困难、养老困难等诸多难处。身体的健康状况是造成老年人困难的主要问题，如果老年人身体状况好一点的话，困难就相对少一点。如果身体条件较差、家里经济条件又不景气的话,就会面临看病就医困难的问题。真可谓雪上加霜,步履艰难。如果家庭经济条件相对较好,还要面临财产分配和财产继承问题。这些事情如果解决欠妥,就会影响老年人晚年的生活。更为可怕的是,有的老人有儿有女却得不到儿女的孝顺和照顾,甚至遭遇儿女的无情虐待,社会上这种虐待老人的事件是举不胜举的。

人生只是单行线,时光不会倒着流。所有人的一生,都是没有回头路可走的。我们都终将会被无情岁月的流水,冲刷得褪尽风韵,满脸沧桑。当初只嫌别人老,如今轮到我头前。每个人都有老的时候,年迈老年人们今天的现状,就是其他人的明天情景。关心和帮助老年人,也就是为了我们自己的未来。不以物喜,不以己悲,正视老来难,关爱老年人,像爱护自己的子女那样去孝敬和疼爱自己的老人,也去关爱其他老年人,给他们更多的社会关爱,这才是一种正确的人生态度。

# 从一个后代的追问说起

有一个人为教育他的儿子,就对儿子说:你要努力学习功课,回到家里要注意勤俭节约,咱家的日子虽然比前多年好多了,但勤俭节约的传统不能忘。我年轻的时候,咱家里十分穷,缺吃的少穿的,冬季又没有烧炕的柴火和煤,就睡在生产队的饲养室里取暖。上学时你奶奶给我用玉米、高粱等杂粮做下的馍都把我吃成了胃病。冬季在学校睡的是麦草铺,天热了没有换洗的衣服。真是"六月的野狐一张皮"。没料到他说了半晌后,儿子却反问道:"我爷爷和我奶奶咋就这么心瞎,竟然虐待你。他们为啥不给你吃白面,而让你吃杂粮呢?又为啥不让你住宾馆去睡麦草铺呢?"

这个儿子反问父亲的问题,近乎笑话,让人哭笑不得。他之所以能这么反问父亲,说明他对过去的岁月是一无所知的。当我们听到这个近乎笑话的真实故事之后,不得不对此有所反思。

上世纪60年代,曾经有一首经典歌曲《听妈妈讲那过去的事情》,那动人的旋律和美妙的歌词,至今还能记起:"月亮在白莲花般的云朵里穿行,晚风吹来一阵阵欢乐的歌声,我们坐在高高的谷堆旁边,听妈妈讲那过去的事情……"当然,歌曲里的妈妈,讲的是旧社会穷人遭受地主压迫的故事。正由于妈妈讲那"过去的故事",才使那个时期的孩子接受到了传统教育,知道旧社会的苦,也才感觉到了新社会的甜。

"过去的故事",还是不能遗忘的。妈妈应该讲,爸爸应该讲,爷爷奶奶更应该讲。一个家庭、一个村落,一个民族,是不能忘记过去的。不能忘记我们所走过的道路。特别是我们几十年来所历经的苦难艰辛,还有我们曾经的辉煌,都应该告诉和提醒年轻的一代。一方面,是不能让他们数典忘祖;另一方面,是应该总结对比过去的岁月,才能知道如何面对当下的生活。

现在的年轻人,有不少是独生子女,是在蜜罐里长大的一代。他们生活在这个物质基础相对丰盛的时代,没有遭遇过缺衣少食的艰难,也没有经受过上山下乡、农田会战等繁重的体力活的历练。生活水平和父辈比较、和爷爷辈比较,真是天壤之别。加之现在是商品社会,有不少人追逐的是利益,丢失的是教育。加之家庭生活环境相对封闭。住在城市里的人即使对门也不相识,相互之间不大来往。人与人之间缺乏的是交流。年轻人甚至孩子们生活的圈子很小,接触到的就是网络、私家车、茶吧、酒店等时尚又高档的生活品。他们已经很少知道拉架子车的苦味,无法体味光着脚板甚至还得挑上农副产品进城换取钱物的老一辈的艰辛了。

因此,很有必要为如今年轻的一代人补上过去的那一课,为他们的大脑补补"钙",让他们能知道爷爷奶奶、爸爸妈妈等人生活的那个时代,人们吃的是啥,穿的是啥,用的是啥,和现在都有哪些差距。只有让他们知道过去的苦,才能体会到今天的甜。

引申开来,应该对年轻的一代进行更为广阔的传统教育,这是一个任重道远的课程。家庭、学校和整个社会都有这个责任。

# 为何会出现"富不过三代"现象

古人说"富不过三代",其原版本是"道德传家,十代以上,耕读传家次之,诗书传家又次之,富贵传家,不过三代"。这恰好反映出中国自古以来的一个奇特现象,许多威势赫赫的大富大贵之家,到败家时"忽喇喇如大厦倾",正如黄炎培先生总结的国家兴亡的历史怪圈那样:其兴也勃焉,其亡也忽焉!为此,人们不无感慨地概括为"富不过三代"。有一代创,二代守,三代耗,四代败的说法。

所谓"三代"并非一个确切的时限,只是讲富贵不能长久而已。有的可能当代、二代即衰落,有的可能四代、五代。为什么会产生这种怪现象?2010年12月16日的新加坡《联合早报》刊出的题为《破解"富不过三代"的魔咒》社论指出:

作为一种依赖血缘关系传承事业的营运模式,家族企业无论古今中外都面对更特殊的挑战。家族企业的第二、第三代子弟,因为养尊处优,反而很容易就挥霍掉先辈累积的财富和事业。分析认为,任何社会也都不同形式地存在着"富不过三代"的隐忧。成功容易带来自满,长久的安逸也容易导致麻痹,而轻视未来的挑战。

关于"富不过三代"的现象,也成为人们热议的话题。

富不过三代尽管是普遍现象,但现实生活中也有富过三代的例子。能否富过三代不只是家庭、家族及企业的繁荣问题,实质上与国家、民族、社会密切相关。优秀人才辈出才能富过三代。财富是优秀能干的人才创造的,也只有优秀能干的后代,才能更好地继承、保住和增值财富。守业比创业更难,因为创业者大多从青少年时期就经过磨砺,从而锤炼了他们坚强的意志和杰出的才能,使他们能够成就大业。而其后一代面对的是已经富裕起来的家庭,没有经历过创业的艰难,很难懂得财富来之不易,如果没有良好的教育,很容易败掉家业。因此,没有人才辈出的家庭难以富过三代,没有人才辈出的企业难以长盛不衰,没有人才辈出的国家难以兴旺发达。

正常情况下的富豪,一般都是首代创业者能够兢兢业业,吃苦耐劳,勤俭持家,奋发向上,终于创下了偌大的家业;二代人也曾目睹父辈创业的艰辛,受到父辈的教育影响,还能够守住家业甚至有所发展。但三代、四代人则不然。他们从小享受父祖辈的福荫,倚仗父祖辈的权势,周围马屁精环侍,真的是心想事成,不但进取心消失殆尽,还有不少成了纨绔子弟,甚至成了"衙内""恶少",横行乡里,为害一方,吃喝玩乐,无所不为。长辈再不注意引导,溺爱娇纵,不成败家子都难。

传承良好风气才能富过三代。富过三代者是受良好风气熏陶的结果。良好的风气包括社会、组织、行业、地方、家族和家庭风气,其内容有勤劳正直、遵纪守法、艰苦奋斗、谦虚谨慎、好学奉献、心系社会等。尤其是良好的家庭风气对家族兴旺具有决定性的作用,因为家庭是人生的第一课堂。问题在于,很多富一代的人品修养没有达标,一些人又没有文化素质,并不懂得多少经商之道,只是胆大,靠赌博式的心理在生意场上是侥幸赌赢的,成了暴发户。他们的发财,甚至不是靠正常的渠道赚来的,是豪夺损人赚来的。自己有时都不知道其生财之道在哪里,何以去传授给二代呢?我们见到的一些富商,其实相当无知。无知的父辈又如何教育出知识渊博的后代呢?如果是这样,他的孩子必定是花花公子,很快就会败尽家业，或是慢慢消耗殆尽。

说远一点，古代中国人常有多子多福的观念，这也是造成富不过三代的原因之一。多子多福的观念，鼓励人们多生孩子导致了财富加速被分薄。《韩非子·五蠹》云："今人有五子不为多，子又有五子，大父未死而有二十五孙。是以人民众而货财寡，事力劳而供养薄，故民争。虽倍赏累罚而不免于乱。"中国人有多子多福的传统观念，中国古代的富人常常有几个老婆，几个老婆又生多个孩子，当富豪死后家产被多个儿子所分薄，富豪们的儿子第二代也是富裕的，他们也娶几个老婆，生多个儿子，到第三代，后代上百人，所以第三代时已经没有财产可分了。当然，今天的富豪也有类似的问题在内。一些富人"家里红旗不倒，外边彩旗飘飘"。虽然没有明媒正娶三妻四室，却包养着二奶、小三，以至小四、小五，也不乏生育的子女。他们同样需要房子、车子，甚至孩子长大后也得从富豪的碗里分一杯羹。农村人说"好家怕三分"，如果五分、六分的话，财富分了枝，到"正殿"的二代手里也就有数了。

再说直白一点，如今在一些地方暴发起来的富户，他们的暴富有着特殊的元素在内，这类豪门的富裕跟政治往往直接挂钩。某一个公司直接傍的就是某位官员，官商之间有着密切的联系。往往一个领导权的更替，就会决定一个公司的兴衰成败。原来吃香的政客一下子变成了落井下石的对象，那么过去与他们挂钩的方方面面关系也就成了打击的对象，因此很多富豪成了官场上的牺牲品。反腐败出现的好多案例就是明证。一个腐败的官员自己倒台的时候，同样也会带出数个企业的老板同进班房。这些企业发的谁的财、赚的谁的钱，就一清二楚了。老子都成了阶下囚，还能谈得到富到二代三代的话题吗？还有一种现象，某企业原来依靠的官员调走了，企业也就会一下子失势，生意衰落。往往一个大的家族的兴起是由某个权势的兴起而促发的。同样随着某个权势的衰落，它也就随之衰落。

还有，我们国家体制形成的教子观念。这是一个比较深层次的问题,西方国家在这方面优于我们。他们不少人纵然是泼天之富,一般也不任由子女挥霍,而是鼓励子女独立,引导他们自己创业。像世界第一富豪比尔·盖茨、第二富豪巴菲特,他们均将多数财产捐献给了公益事业,只将少部分留给儿女。这样的做法使子女们依赖性大大降低,自立能力反而全面加强。而我们的体制造就了自古以来的"家天下"意识,国与家不分,权位与财产在可能的情况下都要"下传子",这种意识形态的形成,也是中国富豪不愿投身公益事业的重要原因。

2009 年有一项调查表明,自从改革开放以来,中国民营企业家已经超过了 300 万,由于找不到合格的接班人,95% 以上的中国民营企业家无法摆脱"富不过三代"的宿命。有研究表明,目前国内富人家族的孩子中,只有约 10% 的子女继承了父母的优良品质,成为积极向上、勤奋好学的人。对不少富有家族及企业来说,不是富过三代的问题,而是能否富过两代的问题。"富不过三代"并非中国特色,全球家族企业普遍面临"穷孙子"问题。在美国,家族企业在第二代能够存在的只有 30%,到第三代还存在的只有 12%,到第四代及四代以后依然存在的只剩 3% 了。葡萄牙有"富裕农民——贵族儿子——穷孙子"的说法;西班牙也有"酒店老板,儿子富人,孙子讨饭"的说法;德国则用三个词"创造,继承,毁灭"来代表三代人的命运。

中国俗称的"富不过三代"的观点从数据上也得到了印证。2013 年全球富豪榜上有四分之一的富豪财富来源为继承,但财富普遍继承到第二代为止,继承超过三代的仅有 22 位。

# 父与子的前后三十年

过去人常讲:"前三十年看父敬子,后三十年看子敬父。"此话虽是俗话,但富含哲理。

前30年,子女的羽翼还未丰满,故而父辈的地位、权力和名誉,决定了儿女的道路和前程,所以,"前30年看父敬子";后30年,父辈老迈已退出社会舞台,而子女的身份和权力,则又成了对父辈爱戴、尊敬与否的条件。因而,"后30年看子敬父"。

我们不妨这样理解,在孩子依靠父母的前30年,无论身处哪种环境,父母亲要以身作则,坚持原则,给自己及家人在别人的心目中树立好的印象。只有这样,你的后人才能抬起头,能挺直腰杆做人;相应,当孩子30而立能独当一面之后,作为子女,也要好好努力奋斗,像自己的父母那样有所作为。那样,自己受人敬重,自己的父母也能同样受人尊重了。

在我们这个古老的国度里,人的一切,大部并不取决于个人的才华和品行,而有一种微妙的因素在起作用。据传说,晋代有一位夏品仁先生,一生最会察言观色。一日去拜访当地的一位豪绅,临送出门,夏先生见主人的公子和另一个并不阔绰的孩子,二人同时于院落的阳光下捧书而睡。这夏先生轻步到公子跟前,抚摸其头柔声赞道:"奇才哪奇才! 梦中还在读书!"一转眼便对另一孩童斥道:"蠢才哪蠢才! 见了书就打瞌睡,又有何出息?"说着把书给扔到墙脚去了。这奇才与蠢才就这么决定,到底哪个孩子是奇才,仅取决于父亲的权势和地位。这大概就是所谓的"看父敬子"了？

尽管这位夏先生的趋炎附势让人厌恶，但现实往往就是如此。

事实上，人们对待孩子的态度，是看其父亲的地位、权力等诸种状况而定的。前30年，儿子从出生到长大成人，要靠父母抚养。如果父母没有能耐，家境贫苦，子女们就得跟上父母受穷受苦。父母是农民，子女在幼年时就得跟上他们下地干活，做家务活。父母如果做生意，子女从小也可能就会跟上他们学一些经商的门道。父母是当官的，不用说，子女的生活环境肯定也优越了。局长家的孩子比普通人家的孩子会受到特殊的照顾，这是实实在在的现实。

相反，30年后，一个儿子的境况如何，决定人们对他父亲的态度。一个老实巴交的农民，绝对没有人主动去巴结他的父亲。如果儿子成了老板大款，老爷子的后面也就是赞美和讨好的眼光。当父母年迈退休在家、没有社会角色后，人们是否还尊重他们，要看他们的孩子是否有出息，是否有权势，局长的父母同样也会比普通人的父母受到更多的礼遇。有人就曾亲眼目睹，自己的单位聚会时，单位员工都争抢着去夸奖、去接近、去讨好领导的孩子，而且多数人都是违心地这样做，其实就是"看父敬子"。还说，很多人逢年过节甚至都不给自己的父母亲买东西送礼，却大包小包地提着贵重物品去看领导的父母，这个就叫"看子敬父。"

人生是个大舞台，我们都在扮演着不同的角色。30年前是父亲的世界，30年后是子女的世界。千奇百怪，见怪不怪。还有一点，30岁以前，孩子和父亲一起出去，人家会说这是谁谁的儿子；30岁以后，儿子和父亲一起出去，人家会说自己的名字，而父亲则没有名字了，变成了谁谁他爹。

我们不妨也从演艺圈的事例来看看这个问题，一切都属正常现象。演了一辈子的戏，当了一辈子的反面配角的葛存壮——葛老爷子已成为了老一代人挥之不去的影像标志。他的儿子葛优，一不小心，也成了丑星，成为内地影坛首屈一指的明星和影帝，其地位目前无人能撼。还有，张国立在演艺圈，也算得上大红大紫的角儿了。他的儿子、就是那个因打人和吸毒被网络热炒的张默，近年来也在演艺圈走红。不管在演技上还是为人处世上，逐渐成熟，当老爸的张国立就认真地表示："中国有句老话，'前30年看父敬子，后30年看子敬父'，被敬重的一方肯定比另一方有出息、事业有成。用葛优来做例子，以前人们说到他，会说那是葛存壮的儿子。现在会说葛存壮是'葛优的父亲'，一代取代一代迈向成功，作为老人来说很开心。"可能是觉得自己太严肃了，张国立又幽默地表示，自己绝对不会为张默做陪衬。那个张默，在结束电视剧《失恋33天》拍摄后，接受记者专访时，已过而立之年的他表示对"靠星爸上位"这一说法不再感到愤怒，他也信誓旦旦地说：相信总有一天别人会喊张国立是"张默他爸"的。

不管现实如何，对于"前30年看父敬子，后30年看子敬父"这句话，我们还是用一个正确的态度去看待、去体会就是了。

每个家长从自己孩子小的时候，都希望自己孩子能有出息，用比较落伍的话说就是出人头地。甚至还有些家长希望孩子延伸自己当年的梦想，去做当年自己未了的事业。前30年，看他父亲年轻的时候是什么样的人，来判断这个人生养的儿子会是什么样的人；就是在儿子年轻的时候，父亲是否努力决定着孩子的生活；后30年，看他儿子长成的时候是什么样的人，来回过头判断他的父亲是什么样的人。也就是说，儿子是否成功决定着父亲的生活。

受人尊重的父亲是儿子的荣耀，有出息的儿子也是父亲的荣耀。

# 话说"养儿防老"

大约一千年前,宋朝人陈元靓提出了"养儿防老、积谷防饥"的名言。从此,"养儿防老"的观念,就深深地根植在中国人的意识里,流传千年左右,成了中国人衡量养育子女的一把标尺。

"养儿防老",是中国人的传统观念和生活方式。在我们国家,一个大家庭生活在一起其乐融融。孩子小的时候,生活不能自理,跟父母住在一起那是天经地义。父母年迈后,没有经济来源或体力不济需要他人帮助,跟儿女住在一起,也是理所应当。

即便是儿子有了儿子,祖孙三代甚或四世同堂,还住在一起都很正常。子女已经长大成人,父母还要牵肠挂肚;子女已经过了而立之年,父母还要给生活费;子女已经为人父母,父母还要照顾子女,照顾子女的子女……不为别的,只是因为多少年来的父母都这样。他们这样做,除了为人父母的伟大、无私外,其实还有希望有人给自己养老送终的潜意识里的美好愿望存在。

养儿防老,是中国人潜移默化的传统观念。自古"孝"字为先,非孝者大逆不道。这种传统并不是字面上诠释得那么功利,是一种合理回报,因为没有父母,就没有孩子,这是生之回报。但养育子女的付出更厚重,更艰难,更漫长,很多人成长后,成为孩子的父母,方知自己父母曾经的付出。

在国外,则和我们的观念大不一样,父母在孩子长大后就和他们分开居住,即便老了也轻易不愿依靠孩子。这跟他们国家健全的养老保障体系有关,但更重要的是,他们在思想上就不相互依赖,从小父母在许多小事上就培养孩子的独立性格和能力。

虽说养儿防老的传统已有数千年的历史,但时至今日,养儿防老的传统观念,也已经遇到了现实的挑战。如今,对于养儿防老,不同的人有不同的观点。

一方面,有一部分父母不愿成为儿女们经济上的负担,他们反对养儿防老的说法,早早地为自己买好退休基金、医疗保险、投资基金,甚至还买好长期护理保险,甚至有的人还认为"养儿防老"对后代是天生的不公平,是一种自私。

另一方面,在社会的大背景下,普通老百姓寄希望于养儿防老,不仅受传统习俗影响,更由于形势所迫。特别是农民、下岗工人等弱势群体。他们本不想拖累子女,但自己到老境无所归依,只能依靠子女,这种养老问题的代代传递,其实是基于现实的无奈选择。这部分人理所当然地赞同养儿防老。

养儿防老是中国人的老传统,也是子女对老人应尽的责任。但是,时代的变化,人口问题的剧增,计划生育的实施,已经使子女们这一代与老人们年轻时的大环境有了截然不同。而今,独生子女又多,他们的双肩要承受起赡养四个老人的重任。加之现在的就业成了问题,好些年轻人已没有铁饭碗可端。医疗、教育又如沉重的大山压在身上,加之社会竞争越来越激烈,现在的年轻一代比上代人活得更累。据有关统计数据显示,截至 2011 年底,我国 60 岁及以上老年人口达 1.85 亿,占全国总人口的 13.7%。虽然全球多数国家都在老龄化,然而中国的老龄化却极为特殊,仅用了一代人的时间,就变得比美国还"老",而且随着人口高龄化、失能化、空巢化的发展态势,加上家庭小型化的考验、传统观念的转变,养老已经是每个家庭以及整个社会不得不面对的难题。

面对这种现实,在独生子女户家庭,尤其是那些就业遇到困难、经济基础较差的独生子女家庭,养老问题对于这些子女来说,更是不堪重负。

对于一个社会来说，养老的方式无非两种：不是社会养老，便是儿女养老。两者其实并不是完全对立的。特别是从中国的实际情况以及传统文化来看，孝无疑是维系一个家庭，乃至社会的重要伦理道德规范，我们的养老模式不能简单地照抄照搬西方的模式。实际上，将一亿多老年人全部推向社会，也是不现实的，只有将社会养老和儿女养老结合起来，才是最好的解决方案。

还有，随着社会的发展，家庭收入的增加，社会养老保险机制趋于完善，对于一部分老年人来说，所担心的不再是物质上的需求，更害怕的是没有情感归宿的孤独感。因此，我们今天所谈的"养儿防老"，更多的是提倡家庭成员与老年人共同生活或者就近居住，给予他们日常生活帮助和精神慰藉。

# 现在的年轻人缺少什么

闲聊之时,作为过来人,我们也会观察和留神到现在年轻人的生存现状,了解他们的心态。有时不得不分析,现在的年轻人到底想的是什么、缺少的是什么? 有时,大家坐在一块儿也议论这一话题。感觉到现在的年轻人,譬如80后、90后,他们没有受过饥饿、没有参加过繁重的体力劳动而且缺少磨炼;由于家庭经济基础的好转,大部分年轻人没有承担家庭责任,没有和父母共患难而缺少亲情和社会责任,更为重要的是,相当的人缺少上进心。

还有一种看法说,现在的年轻人大多很浮躁,无论是学习、工作还是做人,都缺乏一种低调踏实的态度。有很多人,不认真读书,工作敷衍了事。对事情的容忍比较差,脾气坏,易暴躁。

这是我们的看法,我们不妨也听听外国人的看法。有一个叫作加藤嘉一的日本青年,也是一个80后,看看他是如何评价我们中国年轻人的?

这位小老外,在接受记者采访时说,现在的年轻人闲聊时很少指点江山、挥斥方遒,他们在为不同的事情苦闷。就业、买房、买车成为多数人永恒的话题。已成为"房奴""车奴""孩奴"的年轻人,似乎总处在焦虑和浮躁中。然而,中国的年轻人最缺乏的是什么? "斗志、坚定的价值观和安全感,以及应有的忧患意识"。这是加藤嘉一的答案。然而,"房子可以投资,但年轻时更应投资未来的自己。"

加藤嘉一认为,年轻人可以做的无非就是两件事:一是要不断提高自己的自控力,因为社会是不确定、充满变数的;二是对于不可控的事情要尽可能从容。"我的安全感来自于奋斗和拼搏的过程中。路是自己走过来的,而房子是别人操控的,我对自己不可控的东西不感兴趣。"加藤嘉一说,现在的年轻人一方面忽视提高自控力,一方面又幻想复制成功、一夜成名;很多人的价值观本末倒置,阻止了年轻时应有的成长。更重要的,还要学会独立思考和判断。"睁开眼睛观察世界、了解自己,自然就能培养选择和判别力。"加藤嘉一认为,"有魄力、言辞锋利的"韩寒之所以受到追捧,其实反衬出大多数年轻人的状态,折射出他们的无力与冷漠。

加藤嘉一,1984 年出生于日本静冈县伊豆半岛。2003 年 4 月,19 岁的他踏上中国土地时,几乎一无所有。他在北京大学攻读七年后,在中国生活了十年。这十年内,他拥有十种身份和面孔:制作人、策划人、主持人、媒体评论员、专栏作家、图书作者、同声传译者、日语教师、退役优秀运动员、中国通。除过母语外,他还会中文和英文,曾是金融时报中文网、凤凰网、《瞭望东方周刊》等传媒的专栏作家。

这位日本青年看到了中国现在的青年人身上所缺失的东西,也提出了他自己的意见看法。他在中国的土地上能如此顽强地拼搏,得到很大的发展。那么,我们的青年人呢?

当然,加藤嘉一的成功,属于个例。其他人不可能去复制他的成功。但完全可以借鉴他的经验。我们不可能苛求更多的青年人都像加藤嘉一那样去追求成名成家。但是,最起码也应该有一条属于自己的路去走。

譬如,追求房子、车子这本身是好的,可房子、车子需要用钱购买,这笔钱该如何来? 总不能去偷去抢,得寻找挣这笔钱的门路。这就是最简明和直截的一个目标。

年轻人要有明确的目标,要有动力,一个人应该清楚个人的兴趣在什么地方,或者说有什么特长和爱好,先从爱好做起。比如,你喜欢经商,你就可以试着去闯一番,让自己有动力。然后你再把你想做的其他事情加进来,了解和你一样的同龄人在你想学的东西中他们取得的成绩,使自己有压力,和别人有个比学赶帮,有个竞争。学别人的优势,将其转化为自己的动力。

年轻人首先要为自己制订一个既定的目标;其次要付诸实际行动;同时要发扬拼搏精神。"既定目标"不外乎分为长期、中期和短期三个阶段。制订好"长期目标",就能明确自己对人生理想的奋斗方向。制订好"中期目标",就能明确自己对实现理想的阶段规划。制订好"短期目标",则可明确自己对实施规划的起步安排。接下来的事,就是如何去付诸实际行动。这不外乎要脚踏实地地干。因为"千里之行,始于足下"。再就是要刻苦耐劳,要顽强拼搏。

# 有钱不一定就会幸福

在我们的小镇上,有一对颇有经济头脑的夫妻。他们刚结婚时,家里可以说是穷得叮当响,除过两孔窑洞、几床被褥,加之仅够糊口的粮食外,几乎别无长物。小两口发奋要改变贫穷落后的面貌。农忙时节,下地干活,农闲时节,就在西安趸一批布匹、衣物,骑上自行车到镇上赶集出售。越搞经验越丰富,带的花样也多了。三四年后,有了周转资金,他们干脆就在镇上租了一间门面,开起了小店。女人在门市上经营,男的外出进货,农忙时节再回家务农。就这样滚雪球似的将门店由一间扩大到三间,由一个小卖部发展到一个小超市。他们也跻身于小镇上的富商行列了。

最初,他们小夫妻让好多人眼红,夫唱妇随,形影不离,为创业奔波的时期恩恩爱爱,十分幸福。

随着生意的强大,情况慢慢就发生了微妙的变化。男人成了老板后,手里有了钱,就开始在外面养情人、赌博。女人知道后,开始是大吵大闹,甚至打架。无济于事后,女人也为自己找到了情夫。夫妻俩貌合神离后,孩子没有人管,就留在家里让爷爷奶奶照看。爷爷奶奶只能经管孩子的吃喝与居住,却不能帮他补习功课。

男人经常在外边鬼混,不大回家。女人在店里也无心经营。仅仅十年多,一个新兴起来的小暴发户就在短短一两年内衰落了,最后无法经营,只好将小超市租赁给他人经营。

这对原本从追求幸福生活开始的年轻夫妻,经过十年的艰辛,当他们追求到幸福生活之后,却不会守护,最终又感觉到很不幸福。原来恩恩爱爱的夫妻,现在变得相互仇视不说,就连孩子也没有照管好。

他们原本的初衷是,有钱就有幸福。但是,当他们赚回大量的金钱后,不但没有得到幸福,金钱反而让他们原来的幸福也荡然无存。由此看来,有钱不一定就会幸福。

类似的例子,在现实中并不少见。

对于幸福这一字眼,我们很难用具体的含义来解释它,对于一个人来说,幸福的标准是不同的,它包含很多的意义,判断是否幸福,要看自己的情况而定。幸福只是一个广义的范围,这就要看自己是如何认识和定位的。如果你觉得自己是最幸福的那个人,你就是。这句话在很多时候,给我们多大的鼓励啊! 我不是最有钱,不是最成功,但我最幸福。寓言里的那个故事就很有趣味:一位富有的国王下令找全国最快乐的那个人,与他换衬衣,这样他才能得到快乐,结果最快乐的那个人却是一个浑身黑不溜秋的乞丐,国王要与他换衬衣,可他却穷得连衬衣也没有。这再一次证明了,幸福未必属于那些有钱的人。

诚然,在当今社会,要生存,要立业,要办成一番大事,都离不开钱。人有两种不可或缺的生活,一种是物质生活,一种是精神生活。钱只能换来物质上的享受,不能解决精神上的需求。对只幻想着过奢侈的第一种生活的人,那是因为他或她并没有真正体会到失去后一种生活的痛苦。一对夫妻因为爱而结婚,还可以挣钱;而因为钱而结婚,却永远挣不来爱情。千金易得,真情难求。别为了金钱而抛弃真情,甚至抛弃自己的人格。需要的是端正价值观。在生活有保障、能过上小康生活,身边的钱能基本满足生活所需,就应该感觉很幸福,此时我们需要的就是平平淡淡的幸福,不必为了更多的金钱打破自己的幸福生活,此时幸福大于金钱。

现在社会上,也有人认为"有钱就有幸福",甚至有的人把这种观点奉为至宝。为了金钱,不惜出卖朋友,出卖自己,有的还冒着生命危险去追求金钱。那些沉迷于"拜金主义"旋涡中的人,其结果不仅自己不幸福,相反还会为钱而苦恼,这样又何乐之有呢?那些有钱的富人即使有钱了,却整天提心吊胆,怕遭偷、怕被抢、怕挨绑架、怕被诈骗,有时还得小心自己的老命,这又有什么幸福呢?恐怕大街上要饭的也比他乐得逍遥。有道是"贫穷自在,富贵多忧"。假如一个郁郁寡欢的人,他拥有难以计数的家财,可是心里却空虚寂寞,身边没有一个人安慰,连话也找不到人说,精神支柱也没有。这样的生活还有什么意义?他又有何幸福呢?

走笔至此,想到了周成海。他可是名副其实的有钱人,作为一个资产高达十几个亿的巨富而不是一般的富人,他无疑是一个成功的男士,相比我们这些年收入才几万的人来说,他算是事业非常成功的男士了。或许人们已经将他遗忘,他就是出演《血色湘西》女主角穗穗的那位比较清纯干净的女孩白静的丈夫。几年前,周成海为了追求自己新的幸福,不顾母亲拼命阻挠,同已与自己生下一儿的前妻离婚,而娶了比自己小十几岁的中戏女生白静为妻,为捧新妻子,先后投巨额资金为其拍摄多部电影电视剧,白静也凭借过人的条件和聪慧赢得了广大观众的认同,人气越来越旺。白静成名之后,可能重新审视自己和周成海的婚姻家庭,除过大量的金钱之外,或许感觉不到其他幸福吧,于是伙同自己黑社会男友骗走丈夫两千万,又设计出丈夫的嫖娼事件以利离婚便于分其亿万家财。周成海的母亲被活活气死。周成海可能是万念俱灰吧,于2012年2月28日,将白静刺死,随后自杀,经抢救无效也身亡了。就是这样一位巨富,没有追求到幸福,其结果是一无所有,带来的只有血的教训。

看来,人生的意义绝不在于一味地追求金钱、迷信金钱。幸福,不是靠钱创造的,钱只能满足人一时的愿望,并不能得到永恒的满足。还是网上流行的那个段子说得很到位:

钱可以买到钟表,但不一定能买到时间;钱可以买到外表的华丽,但不一定能买到内心的美丽;钱可以买到婚姻,但不一定能买到爱情;钱可以买到房子,但不一定能买到家庭;钱可以买到珠宝,但买不到美;钱可以买到药物,但买不到健康;钱可以买到纸笔,但买不到文思;钱可以买到书籍,但买不到智慧;钱可以买到献媚,但买不到尊敬;钱可以买到伙伴,但买不到朋友;钱可以买到服从,但买不到忠诚;钱可以买到权势,但买不到威望;钱可以买到躯体,但买不到灵魂;钱可以买到虚名,但买不到实学;钱可以买到武器,但买不到和平;钱可以买到小人的心,但买不到君子的志气。

可见,幸福与有钱不是孪生姐妹,有钱与幸福是没有必然联系的,有钱未必有幸福。幸福的生活要靠自己去开拓。

短言碎语话人生

# 说说人生"三大不幸"

人生有"三大不幸",即"幼年丧父,中年丧妻,老年丧子"。谁要是撞到其中之一,当是最大的不幸。尽管生老病死是无法抗拒的自然规律。然而,当突发性的死亡在瞬间发生后,在人们没有丝毫精神准备的时候,就与至亲至爱的人诀别,那种悲痛岂能用言语来形容,其内心的苦痛只有经历了的人才能感受到。更何况这不幸过后给当事人心灵上造成的创伤及现实中带来的困难,是需要很长时间才能愈合的。

人生的第一大不幸,是幼年丧父。幼年时代,就过早地丧失父亲,使其小小年纪就失去精神上的依靠。缺少了来自父亲方面的安全感,失去之后才发现父亲的存在对自己是多么的重要。现实生活里,当孩子遇到失败、挫折,在内心深处,总觉得父亲撑起的那一小片天空,是自己疗伤休养的场所,这也常常是失去父亲的孩子才能有的感受。可是,生活还得继续。形势逼着丧父的孩子心智更早地成熟,也会有更强的抗压能力。还要克服种种困难,生活下去。一个失去父亲的孩子,或许更加自强自立。李连杰就是个好例子。1963年春天,李连杰作为全家最小的孩子降生。他两岁时,父亲就去世了,母亲一个人挑起了抚养五个孩子和两位老人的生活重担。七岁时,因为体育老师的推荐,李连杰进入北京体校武术班,1974年的全国武术比赛,李连杰连夺少年组第一名、全能第一名;从1975年到1979年,李连杰一连五年获全国武术比赛的冠军,被北京市体委授予特等功,还被评为"勇攀高峰的突击手",是20世纪70年代武术界的"常胜将军"。

人生的第二大不幸,就是中年丧妻,这无疑对其是一大劫难。人在30岁之后到五十多岁之前丧妻(或夫),失去的是完整的家,尤其是男人丧偶,孩子没人照管,家庭生活无人照料,出门要干活,回家有家务,向后无退路,向前没力气。即使再续娶,会形成前儿后女现象。一般的中年人都有儿女,两个家庭组合成一家之后,儿女之间会带来更多的矛盾。如果一个男人经济基础过差的话,再婚与婚后的家庭生活所带来的经济压力就会将其压垮。因而,在农村贫困地区,也会出现中年丧偶后不再续妻(或夫)的现象。一个单身汉漫长岁月的人生苦旅所经受的生活磨难就可想而知了。

然而,现在的社会发展,好多人对于中年丧妻者多有诟病。理由是从古到今,有钱的人,有权的人,骨子里希望拥有更多的女人。如果老婆死了,那一切都名正言顺了。现在有钱、有权的人太多了。大款、大官比封建时代多多了。产生这种说法也是有其社会背景的。中国人不是一直把"不弃糟糠妻"作为美德吗?如果"糟糠"识趣地死了,那对于刚升官发财的人真是喜事。又有好名声,又能敛财,又能满足自己的私欲。这确实也是当前存在的一种社会现象。真的有那么一部分男人,在中年丧妻时,显现不出他有多么悲伤,当亡妻尸骨未寒时,就开始另觅新欢。难怪人们对此议论纷纷。

人生的第三大不幸,是老年丧子。这对老年人来说,不啻是一次重大的精神打击,是人生最痛苦的事,比前两个不幸更为不幸。如果失去的是家中唯一的孩子,父母的悲痛更是难以言表。人到老境,一旦经受这一打击,常会有很多不利身心健康的表现。相当的老人表现出的是绝望。绝望是一种当人的求生希望完全破灭而引起的极度恐惧的情绪。对于大多数老年人来说,养育子女既是自己的人生价值,也是自己生活的主要寄托。特别是当他们渐至暮年,无论是在生活上,还是感情上,更加依恋饱含着自己一生辛劳和心血的成年子女时,突然失去子女,无疑会导致他们的生活信念和寄托倒塌、破灭,于是产生绝望。往往痛不欲生,终日以泪洗面,呈现痴呆或疯癫。还有一种表现是冷漠。冷漠是一个人在经历了极度痛苦和绝望之后而出现的表面上失去喜、怒、哀、乐的一种心理反应。这是一种更为复杂的心理状态,它对当事人的身心健康具有极大的损害。

当然,也有一些人能够直面人生的不幸,在痛苦的关头,沉着应对,使自己经受住痛苦的打击。已故的表演艺术家赵丽蓉的儿子盛福春回忆说:"我妈在生活中再难也从来不哭,她中年丧夫,然后又失去了自己唯一的女儿,这些都没有打倒她,她依然和我们笑呵呵的。……妹妹生下来就经常抽风,拉撒不能自理,到六岁也没有抬起过头,八岁就走了。我妈从没埋怨过医生,也没有哭闹过。一次她梳头的时候说,我要是死了,谁管你小妹呀。我弟弟说,妈您死您的,我管。我妈笑着说,好儿子,没白疼你。就是这样,我妈也不哭。"

世界之大,不幸的事对于有些苦命人来说,竟然会接踵而至。据 2013 年 7 月 30 日的《广州日报》报道,广州有位名叫黄坤泉的农民,由于家境贫穷,四十多岁才与邻村一姑娘结婚,生下独生女儿黄小兰。黄小兰四岁时,妻子因病撒手人寰。黄坤泉靠编织箩筐的手艺,艰难地把幼女拉扯成人。2009 年,黄小兰与在广州市区务工的青年小刘喜结连理,2010 年冬,一宗交通意外事故夺走了小刘生命,而此时黄小兰已怀有身孕。2011 年 5 月,黄小兰在家顺利生下女儿黄春桂。黄坤泉和女儿黄小兰的生活再次燃起了生活的希望。谁料 2012 年初,黄小兰因罹患重症肺衰竭不幸身亡,丢下嗷嗷待哺的女儿小春桂。两年之间,在接连丧失女婿和女儿之后,黄坤泉不得不孤身一人独自挑起抚养外孙女的生活重担,爷孙俩从此相依为命。黄坤泉说:"我曾经一个人把四岁大的女儿拉扯大,如今,女儿又留下她才两岁的女儿给我便走了,再苦再累我也要把这个小外孙女养大。"2012 年 11 月,小春桂患重感冒突发高烧,由于无钱医治,加上送医不及时,连日高烧不退,致使小春桂的眼角膜受到损伤而引发双目几近失明。尽管黄坤泉说幸得大家的帮助,他的外孙女及时治好了胃肠炎疾病。据医生介绍,从小春桂眼病后遗症来看,其眼病复明的希望较为渺茫。这位叫黄坤泉的农民真的够命苦,人生的不幸竟然全让他遇上了。

　　"天有不测风云,人有旦夕祸福。"人生总会经受各种各样的风暴。灾难总会降临到一些人的头上。再痛苦的痛苦,再不幸的不幸,一旦袭来,总得经受住。学会面对,人生没有过不去的坎。就像余华小说《活着》里的那位富贵老人那样,他比别人有更多死去的理由,然而他活着。在近四十年里,他经受了人间的很多苦难,面临了与一家四代人的生离死别,是一个痛苦至极的人,他本应该死掉,可他活着,甚至只是为了活着而活着。正如作者余华自己所说的那样:活着是为了活着本身而活着,而不是为了活着之外的任何事物而活着。

# 人都爱听赞扬的话吗

过去有句老话说:"哄死人不偿命。"一个意思就是形容某人很会说话,会哄人开心,让对方听了心里很舒服。这从另一方面说明,赞扬的话大部分人都喜欢听。人都喜欢听别人赞扬甚或奉承的话,连小孩子也是这样的心态,尤其喜欢听人表扬。即使是个弱智者,你要是当面说他好的话,他表情上明显就很高兴。

这就向我们提出一个问题,人都爱听赞扬的话。

那个很有趣的古代笑话就颇能说明问题:有个京城的官吏要调到外地上任,临走前他去向自己的老师告别。老师对他说:"外地不比京城,在那儿做官很不容易,你应该谨慎行事。"官吏说:"没关系,现在的人都喜欢听好话,我准备了一百顶高帽子,逢人就送他一顶,不至于有什么麻烦。"老师听了这话后很生气,以教训的口气对学生说:"我反复告诉过你,做人要正直,对人也应该如此。你怎么能这样?"官吏说:"恩师息怒,我这也是没有办法的办法,要知道,天底下像您这样不喜欢戴高帽的能有几人呢?"官吏的话说完,老师得意地点头称是。这个官吏走出老师家的门之后,便对他的朋友说:"我准备的一百顶高帽子,现在只剩九十九顶了!"

这则古老的笑话,却说明了一个道理,那就是谁都喜欢听赞美的话,就连那位教育学生"为人正直"的老师也未能免俗。这是因为,人都要有一种获得尊重的需要,即对力量、权势和信任的需要,对地位、权力、受人尊重的追求;而赞美则会使人的这一需要得到极大的心理满足。

喜欢听好话受赞美是人的天性之一。一句不起眼的好话，就会舒服三天。俗话说："良言一句三冬暖"，每个人都会对来自社会或他人的得当赞美，而感到自尊心和荣誉感得到满足。赞美别人，说通俗点，就是要多表扬别人，而且要夸到点子上。对方都有哪些突出的业绩，他的爱好特长、性格特点，以及家族背景，甚或一段特殊的经历等等，都可能成为别人乐于接受夸奖的对象。尤其是很多小的细节，别人自己可能都还没有注意，你发现了适时去夸赞两句，起到的效果会非常好。

心理学家证实：心理上的亲和，是别人接受你意见的开始，也是转变态度的开始。由此可知，求助者要想在求人办事过程中取得成功，一个行之有效的方法就是给予其真诚的赞美。人与人之间的融洽关系，就是从这里开始的。

当一个人听到别人对自己的赞赏并感到愉悦和鼓舞时，不免会对说话者产生亲切感，从而使彼此之间的心理距离能够缩短和靠近。面对着陌生人可以有效地打开话题，尤其是与陌生的领导交谈的时候，多谈谈他的工作经历，虚心地请教，一般都会得到积极的回应，甚至会让领导开始关注你。在熟人朋友之间的表扬，即使是夫妻之间，都会让关系更加密切，感情更加融洽。对同事或者下属的表扬，如夸奖他某些工作做得很好，可以调动他的工作积极性。

美国哲学家约翰·杜威说："人类最深刻的冲力是做一位重要人物，因为重要的人物常常能得到别人的赞美。"林肯的相貌算得上是百里数一的丑陋，但他却知道赞美的重要性，他曾以这样一句话作为一封信的开头："每个人都喜欢赞美的话，你我都不例外……"连伟人、学者都是这样的心态。面对别人的赞美"都不例外"，何况平民百姓。

相反，一个人也会因为一句微小的否定而记恨一生。所以我们不要轻易地否定别人，哪怕仅仅是一个小小的说辞。当着真人不要说假话,当着聪明的人有时要说些傻话,因为人的交往不是为赢得真理,而是为达到自己的目标。人的成功是寻找最大的动力,最小的阻力,每个人都有机会,关键如何运用这"二力"的关系。为了自己的成功,何乐而不为呢? 多奉献些掌声和表扬吧。

当然,赞美不等于阿谀奉承、逢迎拍马。只有真诚的赞美,才能让被赞美者通体舒畅,心情愉快。赞美应该是发自内心的,表扬对方的优点,抒发自己对对方的赞赏,而不是为了一味达到某种目的的趋炎附势违心的语言。过分地赞美,也会被人视为有拍马屁的嫌疑。

拍马屁是有目的地恭维人。它最常规的目的在于奉承,是为了讨好对方。即使对方在某方面很不好,为了讨好也要说好,甚至加倍地讨好。刻意的恭维是很无聊的。因为有正常思维的人都不是傻瓜,能听得来你是在赞美他还是拍他的马屁。肉麻的恭维,除了让被恭维者感到不高兴,还会让他产生"这个人大概在欺瞒我什么吧? 或是想用花言巧语来诈财"的想法。

虽然说人人都喜欢听赞扬的话,但是,作为听话者本身,还是要会听话的。也不必让别人的美言说得飘飘然。看别人是出于善意对你赞美,还是别有用心。有些人说话的目的是十分明确的。一个营业员为了把自己的某件衣物推出,一味地赞美顾客多有气质、多有才气,甚至多么漂亮,都是为了从自己的需要出发的。作为听者,就应该明辨是非。假如顾客的长相颇为不雅,自己就应心中有数。别人怎么赞美是别人的话语权,你一定要选择着听。应该明白有那么一些人,今天的拍马是为了明天的骑马,为此膝盖怎么弯、骨头怎么软都行,因为他们坚信,这个成本肯定是可以加倍地赚回去的。

# 人人都是眼高手低吗

谈起眼高手低这个话题,觉得不少的人,都犯有类似的毛病。

"眼高手低"一词,出自清代陈确《与吴仲木书》:"譬操觚家一味研穷休理,不轻下笔,终是眼高手低,鲜能入彀。"眼高手低最初的意思是指做人眼界要开阔,目标要远大,做事情则要低下头来,脚踏实地踏踏实实地做工作。

如今,"眼高手低"这一词的意思多解释为要求的标准很高,甚至不切实际,但实际上自己也往往做不到。不论是本意还是今意,可以说,"眼高手低"一词里的"眼高"意思并无大的变化,都指的是眼光的远大和目标的远大。现实当中,这一点是很有必要的,一个没有志向的人,终究不能成才。

既然"眼高"二字变化不大,那么眼高手低今意与本意的差别也就出在了"手低"上面。"手低"的本意指的是要低下头来踏实做事。但是,现在却更多地泛指能力的低下。这样一来,眼高手低的解释就有了巨大的差异,眼高手低实质上成了一个贬义词。

生活当中,眼高手低的人常有。从我们的观察,主要体现在两个方面:

一方面是自身的眼高手低。这种人老想着干大事,不屑于做小事,即使做了,也是感情上老大不情愿,心理上也觉得不舒服或感觉很委屈。像这类人,即使干小事也是干不好的。因为他们的心态有问题。世上无论任何难事大事,都有做成功的可能,无论做什么事情,首先是做事的心态。再难的事情,再伟大的事,再宏大的工程,都可分解成细小的具体事情,要想做成大事情,就必须把分解后每一件小事情做好。所以,任何事情都要从一开始做起,只有从一做起,才能做到二、做到三,才能最终做成功。不做一的人,永远做不成二,也永远不会做成功;不能做小事的人也不可能做成大事。所以说,眼高手低的人关键是没有做成功事情的心态,所以做任何事情浮躁,很难把事情做精做细,做成功。

试想,连小事都干不好,怎么能干大事呢?想扫天下的人必须有扫天下的能力和心态,扫天下的能力和心态,是通过持续性地扫一屋而积累和培养出来的。整天只想扫天下而不想扫一屋的人,肯定没有扫天下的能力和心态,不仅天下扫不了,而且一屋也肯定扫不好。

譬如,世界著名的生物胚胎实验学家童第周先生,曾怀一腔爱国热情,于新中国成立初期辗转回国,投身到建设祖国的伟大事业当中。然而,"文化大革命"期间遭受冲击,被劳动改造,让他打扫中科院的厕所。周恩来总理一天来到中科院看望童第周等人时,他正在打扫厕所的卫生。周总理发现童第周负责打扫的两个厕所卫生是最干净的,当即召开现场会议,周总理感慨地说:"童第周连搞厕所卫生都是世界一流的!"赞誉之情溢于言表。在那种动乱无奈的年代,童第周尽管不能实现自己科学报效祖国的理想,但在扫厕所的事情上,仍以科学的精神一丝不苟地做好。这种难得的心态,正是他能干成大事业的重要前提,这足以引起我们学习和借鉴。

另一方面,是自己手低,却用高眼要求别人。这类人对别人过分苛求,对自己却往往宽容。从这种意义上来讲,大部分人可以说都是眼高手低。比如,一位演员尽心尽力地在演出,然而,看戏的观众总是评头品足。有人会说他的唱腔太差,有人会说他的身段不行,有人会说他的扮相欠佳,甚至会有人以粗俗的语气谩骂他就不是唱戏的料云云。然而,要让这些评戏的观众去表演的话,可能谁都没有这个能力;甚或在演戏的同事里面找个人来重演,不一定能超过他。但是人们对他却是十分苛刻的。再比如,一位文秘人员为领导写出一份讲话稿或其他材料,让其他人去提意见、去品评的话,肯定是横挑鼻子竖挑眼,通篇可能都是问题,甚至是"枪毙"都来不及了。要是让评讲稿的人去动手写时,可能他根本都不知道写讲稿该从哪里下笔。有人吃饭时总指出饭菜的味道如何差劲,让他动手去做时,可能既不会炒菜也不会做饭。生活中每个场面中都可能会出现那些喜欢对别人评头论足的眼高手低之人。这也让人看出,现实当中眼高手低的人确实不少。

元代杂剧作家关汉卿《望江亭》第一折有句话说:"雨里孤村雪里山,看时容易画时难。"大意是说,细雨朦胧中的孤村和白雪皑皑的山峰,看起来没有什么特别神奇之处,但要把它描绘出来,就不是那么容易了。这句话写绘画时的真切感受,也可用来喻指人们常有的眼高手低的弊病。世上的好些事情看起来容易,其实做起来都有一定的难度。这就要求人们以宽容的心态对待他人,也以严谨的态度要求自己。对人宽一点,对己严一些。别人的一言一行,自己在评头论足之前,最好先实践一下,看自己是否能做到,而且是否比别人做得更好呢?如果自己的能力难以企及,就最好少当"评论员",自己啥事都干不了,有什么资格去评论别人呢? 一个人即使骄傲,也需要有一定的资本,何况眼高手低之流呢?有这类心态的人,不妨先去虚心当个"小学生",先把别人的某项技能学到手,总比看不起别人的某项技能要实际得多。相应,一个人真正达到"眼高手高"的地步时,就能知道凡事要做好是不容易的,是需要付出一定的心血的。这样,他肯定也能够容忍和看得起别人的一举一动和一言一行,我们企盼这样的人多一些为好。

# 闲议急性子与慢性子人

芸芸众生,形形色色。就性格而言,有急性子人,也有慢性子人。

我们说的急性子就是指性情急躁的人。对此,北魏贾思勰《齐民要术·养羊》:"若使急性人及小儿者,拦约不得,必有打伤之灾。"宋毛滂《虞美人·东园赏春》词:"更将绣幕密遮花,任是东风急性,不由他。"《水浒传》第四十八回:"秦明是个急性的人,更兼祝家庄捉了他徒弟黄信,正没好气,拍马飞起狼牙棍,便来直取祝龙。"

我们将做事迟缓的人叫慢性子人。慢性子人由于性格使然,处事说话都很缓慢,人们形容他即使家里失了火也不会着急。关于急性子与慢性子人的笑话很多,也十分形象,先说一个急性子的故事——

某人性子很急,做什么事都忙三叠四地顾前不顾后。他开了一处饭店,开张的那天,他心想,我这个店装修好,地点好,一定赚钱。于是,这天他天不亮就开了门,焦急地等了一上午,一个客人都没来。他急了,门里门外地转悠,瞧见对面的早餐店一直客人不断,而他的店却无人光顾,就大为恼火。决定不干了,马上就写出转让的牌子。

说来也巧,刚写上就有人来兑店,他以非常便宜的价钱和最快的速度就把店给转让出去。等他拿着钱刚要出门的时候,正好碰上陆续而来的客人。

这人气得直跺脚,恨恨地说道:"上午都不来,我都不干了,你们倒来了。"

兑他店的人拍着他的肩膀笑着说:"老兄! 干什么都得有耐心,像你这样只能一事无成。"

再讲一则关于慢性子的笑话——

有个慢性子人和他的急性子朋友一起围着火炉烤火。急性子的衣服角被烧着了。慢性子却慢吞吞地说:"有件事情,我已经早就看见了,想说吧,怕你性急;不说吧,又怕你损失太大。你看,我到底是说好呢? 还是不说好呢?"

急性子问是什么事。慢性子寻思了半天,才慢慢地说:"是你的衣服角烧着了!"

急性子忙起来把火弄灭,愤怒地说:"你既然早就发现了,为啥不早说呢?"

慢性子慢条斯理地回答:"我说你是个急性子嘛,果然一点不错。"

性格是人对事物所表现的经常的、比较稳定的理智和情绪倾向,并无优劣之分,不同于品德。不同性格各有不同的长处和短处。

急性子人的特点是干练、利落、说一不二。性格多直爽,容易相处,但好发火,发起火来,可能让人忍受不了。原因是他们对别人的要求太高,总把自己脑子里的固定模式强加给别人。而别人的大脑反映有个过程,不一定能及时接受,急性子的人表达得过快,很有可能会被人理解错。

相反,慢性子人大多态度和蔼,容易相处,办事讲究质量,但速度较慢。反应也比较迟钝,说话走路的速度都很慢、遇事也不紧不慢,不易动怒。但很闷骚,没有活力,慢性子性格都比较内向,缺乏互动性,所以一般情况下,对朋友也缺乏热情度。

从健康的角度来说,情志的变化会直接影响人体,七情太过伤及脏腑,是中医对病因和发病的重要认识。

故而,一般情况下,急性子人的健康就不如慢性子人。现代研究证明,中风与性格有一定关系。A型性格,即人们常说的急性子或急脾气,要比其他性格的人容易得中风。A型性格的主要表现是:为争取成绩而争强好胜,雄心勃勃;易激动,好发火,言谈举止粗鲁,容易紧张,好支配人,喜欢坚持己见,等等。这种性格使人长期处于紧张状态中,会使血管收缩,血脂升高,血液的黏性和凝固性增加,因此,高血压、冠心病和中风的发病率都会增加。在当今社会,工作紧张,竞争激烈,创业艰难,这种性格的人勇于创新闯荡,更需注意身体的调养和保健。

生活当中,很多性子慢的人的确比性子急躁的人要活得长寿。故才有"慢人慢老"的说法。那些年岁大却仍青春不老的人,往往都是气定神闲、优哉游哉的慢性子形象。事实上,"慢性子不易老、更长寿"确有科学道理。美国探险家丹·比特纳曾到过世界著名的长寿地,发现那里的人们生活节奏都较慢。生活中,大家也应适当放慢节奏,做个悠然自得的慢性子。

人的性格多与遗传有关,但后天的环境因素也有一定的影响,为了自己的身体健康,也为了更好地工作和生活,急性子人要想克制,首先要冷静,有冷静的头脑才能判断自己该做什么。在冲动时要做到冷静比较难,急性子要尝试慢慢地放慢自己平时的行事节奏,在意识到自己又要冲动起来时,深呼吸、停一停、静下来,这有助于让自己冷静下来想清楚。当然,本性是比较难移的,这不是一朝一夕可以达到的,建议练一练毛笔字,因为毛笔是柔的,需要静心才能写好;也可以做一些需要慢慢来的事情,可以收一收急脾气。

性格外向的人多活泼开朗,而性格内向的人则稳定、深沉。真是各有长短。急性子同急性子,慢性子同慢性子,虽然性格一致,但闹起矛盾来,前者可能闹得"山呼海啸",后者则会闹得没完没了不见晴天。相反,急性子慢性子相配,如能注意互补,往往会刚柔相济、急慢相和、动静相宜,进而相得益彰。

# 歪人与尻人

将人划分一下类别,如仅就能耐而分,不外乎歪人与尻人两类。

我们彬县方言习惯把气魄上使人敬畏,有个人魅力,有主见,有远见,有能力,有魄力,为人处事很豁达也相对比较厉害的人叫歪人。

相反,把胆小懦弱、目光短浅、没主见,缺能力,安于现状,不思进取,不求上进,斤斤计较,为人处事心胸狭窄的人叫尻人。

在农村,歪人也就是能行人的代名词。一个村子,歪人可以说是屈指可数的,就那么三两个。这类人的特点是能说是了非,能说公断直,遇事有主张,也有解决问题的办法。别人办不了的事,他能办;别人克服不了的困难,他能克服;别人解决不了的问题,他可以解决。正因为他们能帮助邻里街坊处理一些难缠的事,也就树立了一定的威望。故而,他们说话有人听,做事有人帮。大家有啥问题时也乐于寻找他们。久而久之就成了众人眼里的歪人,或者说是能行人,这类人在一方可起着举足轻重的作用。

没能耐的尻人则恰恰相反。尻在此处是个形容词,尻的意思是"不能干";也可以微微引申为"胆小、懦弱且害怕承担责任";引申义是主要的意思。有热心者,为尻人总结的特征有八点:一是遇事不直面问题,采用逃避态度。二是自己没主意,好受他人意见左右。三是喜欢背后议论人,而不是和当事人解决。四是自作聪明,喜欢控制场面的虚荣。却缺乏足够的调查和认识。五是自以为是,当面一套,背后一套;但是玩弄的所有权术都被人一一看破,却不自知。六是无法给自己一个明确的定位,往往是一大把年纪了,说话、做事却依然十分幼稚。七是只会对身边的人生气(如自己的学生、下属等),对外人却是一脸恭敬,任人拿捏。八是自身能力低微,且没有关系、门路的人。

我们细心观察,发现在歪人和尻人之间,还有一个很有趣的现象,就是:歪人不说歪话,尻人不说尻话。也就是歪人一般做下的事很硬成,但说下的话却很软,入情入理,让人听着舒服,他们说话的语气是很低调的。尻人则不同,往往办事没能耐,说话却很硬成,有时是恶语伤人,有时是用大话压人,给人造成的错觉是自己厉害得不得了,你可千万别惹我。这就是尻人。

日前读书,发现四川人也有歪人之说,和我们这里歪人的意思大概一样。四川老作家流沙河先生早年曾经专门写过一组《Y先生语录》,专门记述歪人的有趣言行。从中也印证了歪人说话确实不歪,但话里有话,分量却是很重的。

《Y先生语录》里有一则说:"有女同志嘴巴很甜,专舔本单位首长,被同僚笑为'浃上水'。一日路遇,停步劝Y先生:'嘴巴不要太臭。'Y先生领教了,忽问:'看今天晚报了吗?'女同志说未看。Y先生说:'登了则怪事,武汉有个妇女投江,尸体逆流漂到重庆。太奇怪啦!'女同志回家看晚报,八个版面都翻遍了,没有。忽悟谜底:死婆娘浃上水。顿时恼羞脸红,怒促男人快摆夜饭。"这样的讽刺实在是高妙,具有很深的隐藏性,使领教者不致当面难堪,而且一旦省悟,自然是羞愧难当。

那么,尻人的言行又是如何呢?有句话叫"酒壮尻人胆"。不妨看看某个尻人的举动:

有个尻人,其实很尻,跟着别人到酒店喝酒,朋友们一阵海喝之后,酒桌上的烟也没了,让服务生给拿几包过去,服务生说他们没有许可证不能卖烟,不过可以到街对面的烟酒零售店帮他买。一会儿买回来了,尻人喝了点酒,来胆量了,点燃一支就发火了:胆敢给老子拿假烟,老子砸他店……说着就冲出去了,他的朋友也跟着冲过去了。服务生也跟过去了。一会儿他的朋友们先回来,接着他在服务生的搀扶下醉醺醺地回来了。原来,他一酒瓶砸在柜台上,柜台里几个大汉一人提根棍子就站出来了……惊人的一幕出现了:他扑通一下双膝跪下了!他的朋友们转身就回酒店了!服务生默默地搀扶起他回来了。这就是尿人,其实生活中这种角色真的还不少哩!

歪人就是歪人,尿人就是尿人。生活里面,众生相都有。

# 人的不同性格之苦乐

　　人的性格不同,面对各种意料之外的情景时,表情就会各异。

　　当眼前突然遇到一件最悲痛的事时,不同性格的人,会是不同的表现。有些人会选择号啕大哭;有些人则只是面带痛苦,大惊失色而默不作声。

　　当两个或多个人发生纠纷甚而打架时,有的人当场会大叫或怒吼、大打出手,以至于寻死觅活;而有的人则选择沉默、忍让。后果往往是,大喊大叫、出手就打、甚至为此扬言要寻短见的人,随着现场的结束,也就啥事都没有了;而沉默、忍让的人,当场似乎没有什么,往往事后会后发制人,甚至干出一些杀人越货的横事来。

　　有些人心里不藏事,遇到不顺心的事、想不开的事,就向亲朋好友诉说出来,他人劝慰一下,也就事过心头了;有些人一旦遇到不顺心的事、想不开的事时,就窝藏在心里,为此想不开,有时会引发意想不到的恶果。

　　有的人心直口快,当面甚至对人骂骂咧咧,但却容易打交道;有的人藏头露尾,说话吞吞吐吐,但却难以交手,真不知他对其他人是啥态度。

　　当然,人不排除遇到悲痛的事,飞来的横祸,丧失亲人之痛,偶然的事故,带来精神上的创伤等等。此时,悲痛欲绝是无法排除的。这时,应该如何面对呢? 可以说,哭比不哭要好得多。俄罗斯家庭心理医生纳杰日达·舒尔曼曾说:眼泪确实是缓解精神负担最有效的"良方"。

　　现在有很多心理学家都认为,哭一哭是有好处的。爱哭的人并不一定都是脆弱的人。那些看书或电影都会掉泪的人,在关键时刻比那些"有泪不轻弹的人"意志要坚定得多。很可能就是因为这个道理,女人毕竟爱哭,男人往往遇事时把痛苦咽在肚里。因而,女人不像男人那么容易得神经紧张而诱发的梗死和中风。很多人在着急的时候,胃部都会出现一阵阵痉挛性的疼痛。这种疼痛并非胃病引起,而是由紧张的情绪引发。要想避免这种疼痛,流泪是一种不错的选择。

　　面对生活,有的人乐观向上,有的人则烦恼苦闷,还有的人在生活中看谁都不顺眼,对任何人都用敌意的眼光看待,这种人应是病态的。生活中还有一个很有趣的现象。当某个人患病住院之后,他就念念不忘一些关系较好的朋友或者亲戚,念叨这些人为啥不来医院看望他呢?然而,当他念叨的人一旦走进病房看他的时候,刚来之际,显得很亲热。当客人坐上一会儿后,他就会感觉厌烦,盼着客人快点离开。这或许是人在病中的一种病态心理现象吧!

　　当生活不如意、事情不顺心时,一些人也会感觉烦恼。因为有些事没办法解决,又担心有不好的结果,心烦意乱、心事重重,就会生出烦恼。烦恼的来由也有很多方面,它可能是因为自己想做好的一件事没有做好而烦恼;也可能是感情上遇到挫折,导致脑子烦乱,自然烦恼就来了;也可能是家庭原因,家人有点唠叨,东说西说,有些说得比较难听,又不能顶嘴,不知道怎么办而烦恼,还有很多原因,烦恼会影响到一个人的工作效率。

　　人们之所以会有苦闷,是由于自我被压抑。"苦闷"的人往往对自己不满意,希望生活更有成绩,而一时间又做不到的一种失望或焦灼的感觉。它也正是努力向上的原动力。安于现状的人苦闷虽少,进步也少。越是对自己现状不满意、觉得受压抑而不愿妥协的人,越是因为急于要挣脱,而能发挥潜力,终于有所成就。因而,不要害怕苦闷,因为它是催促我们奋勇冲破阻力的前奏。当一个人苦闷的时候,不妨静下心来了解事情的原因和真相,才能让心里不会有那么多烦恼。只要不是一下子就要解决的事,就等等再说,事情可能一解决,烦恼也就没有了。

# 农村人贫困的六个因素

人有贫富之分,尤其是在农村,贫困的人还占有一定数量。

当然,这贫困又有广义的贫困和狭义的贫困之分。

广义的贫困除过包括经济意义上的贫困之外,还包括社会、环境、精神文化等方面的贫困。即贫困者享受不到作为一个正常的"社会人"所应该享受的物质生活和精神生活。亦即社会地位低下、受到不应有的歧视,且在就业、教育、健康、生育、精神、自由等个人发展和享受方面都被"社会剥夺"了的人。

狭义的贫困仅仅指的是经济上的贫困。这种贫困的概念只包括物质生活的贫困,不包括精神生活的贫困。处于这种贫困状况的人们,所追求的仅是物质生活上的满足,反映出的是他们的收入、食物、衣着、住房及基本生存状况维持生活与生产的最低标准,他们急需的是这些东西在量上的满足。

仅就狭义的贫困而言,农村为何有一些人一直在贫困线上徘徊、而不能步入富裕的行列呢?

说起贫困,一个重要的原因就是受自然环境的影响,或者自然灾害的袭击所致。自然环境的劣势严重制约着农民的经济水平。我国的许多贫困地区,气候多变、灾害频繁、土地贫瘠。贫困地区多属于"老、少、边、穷"地带。先天的地理劣势或是深山险谷,或是丘陵沟壑,加之风雨不调,水土流失,致使这些地区的农业生产始终徘徊在"靠天吃饭"的水平线上。此外,地理位置的偏远也使这些地区的经济生产所必需的人力、技术、信息等要素不易获得。所有这些劣势条件直接导致农业生产水平低下与不稳定。因此，尽管贫困地区有着比较广阔的农业空间，但农民的经济水平始终与温饱擦肩而过，这种贫困往往是群体现象，大家都处于贫困线上。

从贫困户个体的原因上，我们发现主要有以下六种因素：

一是智力低下所致。这类人主要包括弱智、傻瓜、疯癫之类的人。受自己身体条件的制约，他们几乎属于扶不起来的贫困户。

二是体力不健全、不健康的人。有些人虽然大脑发达，但由于身体有这样那样的缺陷，如小儿麻痹，或者中途因各种因素致残、致病的人。他们受体力条件的限制，也处于贫困状态。

三是受天灾人祸、大病等因素影响而返贫的人。有的人因为家里连遭横祸，或者是火灾、水灾等特殊因素，花费或者损失了大笔钱财，又欠下大笔外债，变得一无所有，要翻身得若干年的努力。还有，若有长期生病或重大疾病患者，不仅不能通过劳动获得收入，而医疗费用又居高不下，有的甚至债台高筑。对贫困农户来说，生病以后，常常是小病扛，大病拖，对不能再扛、不能再拖的病，治疗费用就成了这些农户的沉重负担，这类贫困户因为长期积累的医疗费用和长期生病压得他们喘不过气来，自身无精力和信心摆脱贫困。

四是观念落后，生育导致的贫困。少数农民受养儿防老传统观念的影响，为了生育儿子，结果生育了几个女孩后还生，结果是孩子多了，家里穷了。

五是懒惰导致。农村确实有个别懒汉，懒得出奇。这类人好吃怕动弹，人为地把自己变成了贫困户。

六是患有吃喝嫖赌等恶习的人，富不起来。这类人没有钱，有点钱就胡吃乱喝甚至乱整，把钱用不到正道上。笔者在乡镇工作期间，曾目睹某村有位七旬老人十分可怜，出于同情，亲自张罗，由乡政府给照顾了一些钱。他领到钱的当晚，就全部输在了麻将场上。第二次照顾时，考虑到给钱他乱花，就直接照顾成粮食。万没有想到,他直接将这笔照顾粮低价转让他人,让他人去买粮,自己拿到他人给的现金后,又投入到了麻将场上。像这类人,你给多少照顾又能如何?

农村的贫困问题,确实是个令人头痛的问题。有些类型的贫困户,可以通过政府的扶持和自己的努力告别贫困,有些贫困户是根本扶持不起来的。

网络上有个很幽默的帖子,大家不妨听听:贫穷的根源表面上最缺的是金钱,其实本质上最缺的是野心,脑袋里最缺的是观念,面对机会时最缺的是把握,命运中最缺的是选择,骨子里最缺的是勇气,改变上最缺的是行动,肚子里最缺的是知识,事业上最缺的是坚持,性格中最缺的是胆识。

当然,这个段子也有偏颇之处,如果我们要从广义的角度看待贫困问题的话,农村遍地都是贫困户,要彻底改变农民的贫困状况,真是任重道远举步维艰啊!

# 穷人借钱与富人借钱

俗话说:"钱不是万能的,但没有钱是万万不能的。"借钱,是指现实生活中因资金周转困难,为满足一时之需,一方向另一方借取资金以便救急的权宜之计。它包括两方面的意思:向他人借钱和把钱借给他人。

由于急需,离不开借钱。就借钱而言,穷富之间,也不尽相同。就我们在农村观察,穷人借钱比富人借钱要艰难许多。

穷人借钱,多是为了生计。家庭的钱财接济不上,就只得向人去借。他们借款的数量一般都较小。有的是看病,有的是建房,有的是供孩子上学,有的是购买化肥、籽种、农药或家用家具。穷人在借钱之前,先在脑子里认真盘算,这钱要到谁跟前去借,能不能借来,得考虑好长时间,才去借钱。而他们借钱之前,就得盘算如何去还这笔钱。是把槽头养的猪卖了,还是把牛卖了,或者等果园里的苹果出手之后,就给人家还了。因为穷人家里的日子穷,向人借钱是经常性的。他们深谙"好借好还,再借不难"的道理。如果你借钱之后久拖不还,别人就不信任你了,再次借钱就十分困难了。

就这,穷人借钱还是很艰难的。因为穷,给别人帮不上多少忙,一些较为势利的人觉得用不上你,没必要帮你。你借钱时,别人会用这样那样的理由推脱,关键是担心穷人还不起钱。因而,不情愿借钱给穷人。

但是，富人借钱的境遇就大不一样了。富人因为本身富有，他们向人借钱往往易如反掌。富人借钱，一般不是为了生计，而是为了谋取更大的利益。他们往往是新包揽了一项工程、承包了一段道路，或者新进一批设备等，因手头不大宽裕，没有大额资金，而向同事、朋友张口借钱。富人借钱的数额也是巨大的，三五千元，他们是不会向人开口的，如果借钱，动辄都是万元以上甚至数万或十多万元。他们借钱的方式也往往很简单，要么打电话说清，要么在酒席桌前一敲就定。

富人借钱，轻而易举。对方不担心借钱者还不起，而且大部分借钱者都向对方付利息，对方也是有利可图的，也有个别关系好的不付利息。富人之间相互都能帮忙，下一次万一对方有事手头不方便的话，借钱方也可以借钱给对方，相互之间是可以利用的。因而，他们之间相互借钱就很方便。

日常生活中，每个人都免不了"手头紧"的时候，借钱与被借钱在所难免。别说我们平常人家，就连历史上的那些名人们，也免不了相互借钱以应急。

有位叫李秉中的学生，向鲁迅先生借钱，先生借给二十元后说，如果还有需要的话，下周我还可以再帮你弄一些。为了帮助李秉中，鲁迅还一而再、再而三地给胡适写信，催促胡适能帮助李秉中看看稿子，并反复说明，该学生很穷，等着书稿换钱。1920 年，林语堂获得官费到哈佛大学留学，不料抵美后，官费未按时汇去，就打电报至国内向胡适告急。他在电报中特别注明："能否由尊兄作保向他人借贷 1000 美元，待我学成归国偿还。"拿到哈佛大学文学硕士学位后，林语堂又想去德国莱比锡大学攻读语言学博士学位。遂再次向胡适写信求助。胡适又给林语堂汇去了 1000 美元。林语堂学成回国，到北大就职时，恰胡适南下，于是林转而向蒋梦麟致谢，并确定还款日期。蒋梦麟莫名其妙："北京大学什么时候给了你 2000 美元？"原来汇去的钱非校方所有，而是胡适自己的钱。林语堂晚年提及此事，仍无限感激："原来解救了我困苦的是胡适，那笔在当时近乎天文数字的钱是他从自己腰包里掏出来的。他从未对我提起这件事,这就是他的典型作风。"杨绛曾写文章回忆钱钟书,说先生从来不借钱给人,凡有人借钱,一律打对折奉送。借一万,就给你五千,再加上一句"不用还了"。钱先生的睿智通达,真是惊人。

有一项统计调查显示:70.4%的人有向别人借钱的经历,有被别人借钱经历的人更达到了78.3%。但在国内这个人情社会氛围中,借钱或者被借钱似乎都是一件让人特别尴尬的事。

由此,又想到借钱这一话题。一般情况下,一个人不到万不得已,你最好不要轻易向人借钱,也不要轻易借钱给人。这句话不太中听,却是一句大实话。向人借钱,容易被人看白,引人疑虑,让人为难,不到万不得已,实在没有必要;而借钱给人,也是件隐患极大的事。因为私人之间借钱凭的全是人情和关系,既没有可行性论证,又没有法律认可的抵押或担保,有的甚至连借条都没有一张,胸脯一拍,搞定。痛快是痛快,但事后若有麻烦,那麻烦就不是一般地大了。

先说借钱。能向你开口借钱,你也能够把钱借给他,多半不是一般的关系,要么沾亲带故,要么有利益上的牵连,要么就是对方有特别让你感动或者信赖之处,不然你怎么可能把钱拿出来?你能拿出来,至少在当时,你一定是相信能够收回来的。有的人借钱确实是出于善意,借的时候就想着一定要还,后来他们确实还了。这样的人你借钱给他没错。但有的人借钱本身就出于恶意,借的时候就没想着有还的一天,纯粹是诈,骗几个算几个,遇到这种人,钱一出手就等于肉包子打狗了。还有的人,开始是出于善意,以为自己能还,但是后来确实还不起了,不是不想还,是确实还不起。开始可能他还在想办法还,后来实在没办法了,也只好把话给你挑明,"实在对不起,要钱没有,要命有一条",你能拿他怎么办?

再说被借。对方借你钱时间过长,而被借的人却很难开口,因为讨债总是在对方不愿偿还或者无力偿还时发生的,讨债就成了落井下石，是破坏感情，是忘恩负义，对方即使嘴上不说，心里也会这样想。一旦债到了非讨不可的地步，双方往往会撕破脸面，甚至反目。且不说你的钱能不能悉数讨回，就算是你讨回来了，哪怕钱没有损失分毫，但人情已经损失殆尽，恩人反而变成了仇人。还钱的人，就算他还了你的钱，也不会还你的情，不仅不会因为你在危难的时候帮助了他而心存感激，反而因为你忘恩负义，你不给面子，你帮人没有帮到底而记恨在心。

借钱，借的和被借的心态都要好，还有就是需要大概知道对方的情况、为人等。比方，向人借钱吧，起码得了解对方的经济状况，拿不拿得出，会不会为难人家，他是不是大方，还有大概什么时候还人家比较合适，交情是否够硬，要不要给利息，还是请吃一顿饭就行。这也就是所谓的察言观色，做不到位就会碰一鼻子灰，弄得双方都尴尬。而同事因为在一起工作，做个有心人，了解这些东西并不难，尤其是直属的上司、下属，关系并不比朋友亲戚疏远，有个合适的理由和态度，借钱就很自然。还有人总结出了几点借钱的经验，也不妨可以借鉴。简言之，就是"救急不救贫、四借四不借"。不借钱的四类是：一是金融投资的不借；二是买二套房、装修房屋、买车的不借；三是结婚大操大办、旅游、购买奢侈品的不借；四是赌徒不借。可以借钱的四类是：一是无钱上大学的；二是家有病人的；三是突发性变故，比如火灾、交通事故的；四是对自己有恩的人。

# 富人的眼睛

朋友们在一起闲聊,话题谈到了富人。朋友 F 则富有哲理地谈到富人的眼睛。他说,富人长的那两只眼睛,与我们平民是不同的。两只眼睛始终是睁着的,一只眼盯的是金钱,整天都在谋划着如何能赚更多的钱,以追求利益最大化的目标。另一只眼向上看,追求的是荣誉、官位、社会地位,等等。但是,富人的眼睛永远不会去看穷人的。

朋友 F 讲毕,大家一致鼓掌,感到他说得入木三分,击中要害。

作为平民阶层,我们绝对没有仇富的心态。但仔细回味,朋友的话真地反映出了一个社会问题。

经济社会的发展,给一些人提供了施展才华的平台,富人就是这个群体里面的佼佼者,他们赚的钱,如果是依靠自己的勤劳致富和聪明才智挣来的,谁也无可厚非。问题是有相当多的富人的钱是靠坑蒙拐骗、靠官商勾结挣来的,甚或还有洗来的钱。因而说他们一只眼盯在钱上,就是他们整天在算计着用什么样的手段,把不合法的钱赚成合法的,把国家的集体的转化为自己的,这就需要劳心费心。比如,一些老板投资帮助有潜力可挖的政府官员买官,实质就是一种风险很大的政治博弈。当然这种博弈一旦成功,回报也是巨大的。官员一旦买到更大、更有权力的官职后,就会在生意上给投资的老板丰厚的利益回报。这种生意可是平民阶层的人都望尘莫及的啊!

当今社会里，钱不是万能的，但是没钱却万万不能！因为生活中的所有费用都得用钱，生活中处处需要钱。有钱的富人总是被人羡慕，被人渴望。因而，部分有了钱的人就觉得很了不起。他们有钱之后还不满足，也会转手经营官场生意。一些老板稍有一点名声后，就不惜花本钱，为自己买个人大代表、政协委员之类的头衔，这样在政治上有了地位是一方面。另一方面，这也是一把镀金的保护伞，以后做生意时更为方便，一旦出了问题的话，这些光环也能起一定的保护作用。一些富人，将其作为敲门砖，敲开官场的大门后，不断结识官员后步步紧逼，钱通神路而不断高升。一个在行政机关干上十多年的优秀干部，想在官场晋升个副县或同级别的职务，难如上青天；而一个不通文墨的暴发户三两年内就可以在官场平步青云。名利相连，有名就会有利，有利之后再去图名，最好的结果就是名利双收。

或许有人会提出，我们的看法有些偏颇，好些富人不是拿钱搞慈善事业嘛，不是捐助贫困大学生嘛。是的，有不少的富人们是这样做了，这里面不乏有的富人确实有爱心。但更多的是沽名钓誉，是为了通过捐助而达到自己的政治目的，是为了提高自己的知名度。有一地方企业一次性向省电视台搞的一项募捐活动捐助300万，企业老总在电视台上侃侃而谈如何向社会奉献自己的爱心。而所在地镇政府需要修一条通过该企业门口、对企业有益的道路时，企求他们捐助十万元，都没有讨来。这是为什么？还有一位企业的老板，人称"捐助明星"，在各地的好些活动中都有捐助，但本企业员工的工资一拖欠就是数月。员工患病住院后，想在企业借三五千元都很艰难。一个连自己员工都不爱的老板，对他向社会捐助的那些素不相识的人会有爱心吗？

至于富人看不看穷人的话题，道理也很简单。如果我们站在有钱人的位置上看，他们会想，我有钱，能过一辈子，我帮了你，你会给我什么"好处"呢？问题就在于利益这一方面。打个比方，富人站在山顶，穷人站在山底，他们不同的地方就是，一个在上边，一个在下面。他们相同的地方就是他们彼此看对方都是同样的渺小！穷人和富人不同的地方就是一个有钱，一个没钱！富人看不起穷人，那么穷人也一样不会尊重富人！

# 趣说"走亲戚"

走亲戚,是中国古老的传统习俗,是春节期间或者亲友家里有红白喜事时,亲戚之间交流感情的一种活动,也是亲戚之间的礼尚往来。尤其是春节走亲戚、回娘家,是我们祖祖辈辈传承下来的传统习俗之一。它是亲戚之间联络感情、互相慰问的一种亲情大交流,有的地方把走亲戚叫"逛亲戚"。

春节期间的走亲戚习俗,从正月初二开始,一直能持续到正月十六,这期间几乎家家户户都在摆设酒席,尽享人生的乐趣和亲情的快乐。就我们彬县及周边地区而言,过去是无论刚结婚的新婚夫妇,还是已有子女的老夫老妻,一般是先走舅父家里,然后再走老丈人家里,而这些年演变成了"先看丈人再看舅,姑父姨父排在后"。从这里也不难看出,妇女们的地位在提高,家里多是妇女说了算。正月初二、三,嫁出去的女儿们纷纷带着丈夫、儿女回娘家拜年,然后才能排到其他亲戚。

当然,走亲戚就得带礼物,各个时期的礼物也各有特点。20世纪六七十年代,一般是带馒头、包子、糕点、鸡蛋、白酒等;80年代末,是罐头、桃酥、白糖、柿饼、烧饼、蛋糕、美酒等;90年代,除了酒以外,奶粉等也开始盛行;进入新世纪,多是水果、奶、茶、烟、酒等;雅一点的,还有鲜花、书籍和其他礼品。

仔细观察,同是走亲戚,由于各人的身份不同,往往去了之后也会受到不同的礼遇。主要有穷人、富人与官人之分。

先说穷人。穷人爱走亲戚，原因是他们重礼仪。尽管人穷，礼节却不能少，逢年过节，总想把各个方面的人情都走到，不能因为遗漏某一户亲戚而让人家感觉不近人情。故而，穷人走亲戚时，不分亲戚的穷富和远近。只要是和自家有来往的，都要走到。去时带礼物时也要想了再想，怕自己提的礼物轻了对方瞧不起，笑话自己穷，所带的礼物总得拿得出手。他们到了亲戚家里，一般也不讲究，不留神别人的态度冷暖。吃饭时端上饭桌是啥饭就吃啥饭，一般不会给人家挑剔啥毛病。

再说富人。富人由于生意上或者其他事务上比较忙，一般走亲戚就比较少，偶尔需要走亲戚时，就由妻子或者儿女代劳。如果自己偶然要走亲戚时，也很随意。随便带点什么礼物就去了。只要富人能到亲戚家里去，对于亲戚来说，也是一种荣耀，会让他们感觉蓬荜生辉。至于所带礼物的轻重，已是无所谓的事。去了之后，亲戚家里总是笑脸相迎，百般奉承。拿自家上好的饭菜招待。如果亲戚家住在小镇或者县城内，甚至觉得在家里招待还不行，会选择一些酒店或饭馆去招待富人吃饭。

至于官人走亲戚，那就另当别论了。官人因为政务缠身，走亲戚只是偶尔为之。在小地方，只要有一些级别的官员，架子就相当大了。他们连自己的舅父都不大认，一般只走"头号"亲戚，也就是丈人爸家里。走丈人爸家里的一个重要原因，是惹不起自己的老婆。官人走亲戚的架势风度，也和平时下乡检查工作差不了多少。这可能是习惯成自然吧！即使到了丈人家里，或者偶尔到舅父或其他亲戚的家里后，官势不倒，妻子儿女也会狐假虎威，显得很扎势。他们走亲戚也是随便拿些礼物，坐上小车，来势汹汹，如果是到农村走亲戚的话，真可谓威风凛凛。去了后，亲戚就会像接驾一样迎接和招待他。

如果一户人家，有这么三个类型齐全的亲戚的话，那真地就大有文章可做了。家庭本身就是一个小社会，穷、富、官三个女婿如果都来走亲戚，提的礼物最重、对丈人爸妈最诚心诚意的是穷女婿,他往往会让丈人爸妈不屑一顾;富女婿有时会和老丈人平视,甚至也不把他们放在眼里,只是假惺惺地来完成走亲戚这一程序,丈人爸妈则得把他敬着,不敢有所怠慢;官女婿虽然来看丈人爸妈,其实也是丈人爸妈向人炫耀的一块金字招牌,他往往是丈人爸妈眼里的神,得供着。

这就是家庭,也是社会。

# 人情世故话短长

我们生活在现实当中,就离不开人情世故。人情世故既是一种社会文化现象,成了人们社交的一种必需,但在某种意义上,它也成了一种世俗的羁绊,使为数不少的人被其所累,且不得不为之。

何谓人情世故,说直白点,既要懂得人,又要懂得事,就叫作人情世故。这句话出自清代黄小配《廿载繁华梦》第三十回:"正是人情世故,转面炎凉。"中国文化所讲的"人情"是指人与人之间的性情。人情这两个字,解释起来,包括了社会学、政治学、心理学、行为学等等学问,也就是人与人之间融洽相处的感情。"世故"就是透彻了解事物,懂得过去、现在、未来。"世故"就是世界上这些事情,就属人情世故。它是我们日常生活中积累的约定俗成的行为规则,属于社会知识的范畴。这些知识大半来源于与不同人群的社会交际,也来源于社会冲突与社会发展。在有专业知识与技能的情况下,人情世故能够帮助我们个人缓和与其他人之间的紧张度,也比较容易让其他人感到与你交往的愉悦感与适度感。

但是,随着社会的发展进化,现在的人情世故,在某种意义上成了贬义词。现在反用了以后,所谓这家伙太"世故",就是"滑头"的别名;"人情"则变成拍马屁的代用词了。

人一般都讲交情,不管是在生活还是工作中,相互之间的交往,一个人与上级领导、同事、同学、朋友、邻居,以及在工作或业务往来中结识的人都会产生情分。但说实在的话，这里面有多少真情在内呢？一个人只有对自己的子女才有真情，就连夫妻之间往往也有虚情假意在内，对父母的情分也是有限的，这就不得不让人对人情有个审视。

试想，有些人对自己的父母十分苛刻，自己在生活上也非常节俭。逢年过节，给自己的父母买酒时，买的是价值三五十元的酒，而给领导买酒时却是价值五六百元甚或上千元的酒；自己平时吸烟仅吸一包价值十元左右或者五六元左右的烟，可给领导送礼时却要拿上一包价值四五十元甚至价钱更高的烟；给自己的孩子发压岁钱时，少了再少，给领导的子女或孙子送压岁钱时出手不凡，十分大方。送礼的时候还得赔着笑脸，讨人欢喜。为什么会这样呢？一种是顾及自己的脸面，要在领导面前装出自己的大气和富有，更重要的一种原因是，这一世故行为是商品性质的，实际上是一种"投资"，这一付出是需求"回报"的，但还不能明码标价，还要承担风险，自己从老人孩子的身上克扣出的钱物，能否得到应有的回报，心里还在嘀咕。送人情者付出的是一定的金钱和物质，受人情的回报的是权力。下级给上级送人情，可能是需要提拔；老板给官员送人情，可能是为了某项工程的承包到手，或者想得到更大程度上的利益。各有所需，因而这人情的味道就各不相同。

正由于人情的基本法则是"回报"，它不但有情感意义，还有功利性质在内，因为情感是要有回应的。世故是用来做人的。由于人情的功利因素等等，这就让人不得不世故起来。对此，易中天先生在《闲话中国人》一书的第四章《人情》中，分析得一针见血："其一，善于察言观色，消息灵通，在他人尚未开口或不便开口时主动上门服务，甚至已然把事办好，让他'受宠若惊''喜出望外''佩服得五体投地'；其二，不动声色，举重若轻，事前不张扬，事后不夸功，甚至'不认账'，当然也绝口不提回报的事；其三，不计利害，甚至无妨让自己吃一点儿不大不小的亏（以拟送之人情的大小为比例而以不损害自己的根本利益为限度），担一点'有惊无险'的'风险'。这三条,都能感动对方的'真情',产生一种'怎样也报答不了'的心理。本钱虽未必多,红利却相当可观。"

人们常说"人情冷暖,世态炎凉",事实上这就是现实生活的残酷之处。人情是有冷暖的,世态炎凉也属常事。一个领导,拥有一定的权力在手的时候,炙手可热,可能好些人有事相求,不用说就会门庭若市,人情也会纷至沓来。一旦手中的权力失落了,其他人无事求的话,谁还会上你的门呢?现实中经常可以看到这样的现象,一个官员的妻子亡故后,送葬的随礼的人可能会挤破大门;相反,官员亡故之后,往往就是门前冷落、无人问津。道理也是很简单的,妻子亡故后,好些需要办事的人,也好借这个机会进行人情投资,将自己足额的现金押上去后,你就得考虑"回报";如果是官员本人亡故后,送礼者谁还傻乎乎地把人情投进无底洞呢?这种投资永远没有回报了,他们本身认的就是官员手中的权力,而不是和官员本人关系多铁。你都死了,我还有何人情可言。

人生其实就像一场游戏,不懂游戏规则的人往往会混得很惨。因而,人们一方面谴责有的人过于世故,一方面自己也为人情世故所奔波,在里面扮演着双重角色。尤其是在现今这个时代,好些人立下了汗马功劳,因为不善于人情世故,最后落得个一无所有的下场。而对于游戏规则运用得十分纯熟的人,却能在这场游戏中玩得开心、玩得痛快,也能玩出自己所想要的一切。这就是现实生活。

# 再看世态炎凉

俗话说:"世态炎凉,人情淡薄。"它又反映出一种社会现实。世态者:人情世故;炎:热、亲热;凉:冷淡。意思是指一些人在别人得势时百般奉承,别人失势时就十分冷淡。指看人的起落做事,形容世界冷淡。北宋文天祥《指南录·杜架阁》就说:"昔趋魏公子,今世霍将军,世态炎凉甚,交情贵贱分。"

世态炎凉阐述了人与人之间有钱有势有权就巴结,反之则冷淡远离的世俗社会的现实本质。与"众生平等"的思想相去甚远,成为了人性上难以逾越的鸿沟。

与世态炎凉比肩的是人走茶凉,这句话单从字意上说,就是倒了一杯招待客人的热茶,客人走了,没有喝的这杯热茶时间久了也自然的凉了。寓意为当你离开原来地方,你在那个地方的关系也就随即淡化了。比喻世态炎凉,人情淡漠。

"人走茶凉"出自京剧《沙家浜》:"时过沧桑,人走茶凉,望月思乡已是昨日过往;物是人非,唯有泪千行",是著名作家汪曾祺先生自创的语言,为阿庆嫂的唱腔写的词。现在表示世态炎凉,当权的人离开岗位以后,对别人没有利用价值,人家就忽视他了。

国学大师季羡林老先生,"文革"期间曾经遭受迫害,感触颇深,1997年曾写过一篇题为《世态炎凉》的散文,他曾回忆说:"雨过天晴,云开雾散,我不但'官'复原职,而且还加官晋爵,又开始了一段辉煌。原来是门可罗雀,现在又是宾客盈门。你若问我有什么想法没有，想法当然是有的，一个忽而上天堂，忽而下地狱，又忽而重上天堂的人，哪能没有想法呢？我想的是：世态炎凉，古今如此。任何一个人，包括我自己在内，以及任何一个生物，从本能上来看，总是趋吉避凶的。因此，我没怪罪任何人，包括打过我的人。我没有对任何人打击报复。并不是由于我度量特别大，能容天下难容之事，而是由于我洞明世事，又反求诸躬。假如我处在别人的地位上，我的行动不见得会比别人好。"

至此，我又想起了原河北省委书记程维高的事情来。

程维高丢官返回老家后，有一次从江苏去北京办完事后，专门去了一次石家庄。到了省人大的颐园宾馆——当年他任省人大主任时建的，想见见故人，毕竟有些人是他当年提拔的，在一起共事多年，还是有感情的。但是，很多当年他提携过的干部都很回避。这让程维高非常伤心，于是发誓再不回石家庄。倒是一位晨练的老人，认出他是程维高后，和他热情拥抱。这让他唠叨好久。果然，他之后再也没有回过这个地方。相比河北，常州的人总是记得程维高的好，夸他有一颗"家乡心"，这是因为程维高无论在哪里，如果常州有困难，总会想方设法帮忙。接近程维高的人说，退休后的程维高，买了很多政治书籍看，偶尔出去钓鱼。他在常州的朋友不算少，饭局颇多。有空的时候，他在家写自传，偶尔也跟上门拜访的人谈谈过去的仕途生涯。河北、河南的老部下有时候也会过来看看他，顺便带些特产，他收到这些东西后，总是会分成几份，打电话让好友过来拿。2005年，有朋友看到杨沫之子老鬼在《母亲杨沫》里提到杨沫晚年时，一直为抗战时期的堡垒户王汉秋平反，奔波好几年无果，最终在程维高的干预下解决此事。老鬼在出版物上，直书此事，并没有回避什么，于是买了本送给程维高。因为那时，其一直处于媒体的讨伐声中。老人看到书后，眼中含着泪花，连声说："你请他（指老鬼）来常州玩，麻烦你，一定要代表我邀请他。"

这就是世态，是真真切切的世故人情。季羡林先生感受到了从黑到红的世态,程维高品味了从红到黑的炎凉。季老先生遭受迫害的时候,对其他人没有任何用处,当然没人巴结,而当重新走红后,周围的人得利用他,重新巴结也很自然;同理,程维高当年主政河北、炙手可热之时,下级巴结他可能都来不及。当他丢官之后,他亲手提拔起来的那些故人下属,更是势利有加,他们唯恐见一见这位问题官员之后给自己带来麻烦,故而回避不见。现实确实是一面明镜,照出了芸芸众生的各种嘴脸,也让人从中看清世道人心的真实性。

正因为有许多世态炎凉的故事,败坏了人与人之间的真诚的友情,产生出许多消极的所谓的"世情格言"如"人情似纸张张薄,世事如棋局局新""知事少时烦恼少,识人多处是非多""入山不怕伤人虎,只怕人情两面刀""逢人只说三分话,未可全抛一片心"等。我们对世态炎凉的感受或认识的程度,是随着年龄的大小和处境的不同而很不相同的,绝非大家都一模一样。年龄大小与处境坎坷,同对世态炎凉的感受成正比。年龄越大,处境越坎坷,则对世态炎凉感受越深刻。反之,年龄越小,处境越顺利,则感受就肤浅得多了。

当然,人情世故是我们无法改变的。可我们总应该用一种平和的心态去看待。网络之中有一位高人,就对这个问题分析得精辟,他这样写道:

> "人在人海,身不由己。失又何悲,得又何喜。曾经沧海,不期而遇。繁花过后,落陌成溪。
> 金也空,银也空,死后何曾在手中?
> 田也空,地也空,换过多少主人翁?
> 名也空,利也空,转眼荒郊土一封。"

人生苦短,匆匆也就几十年。这个世界,没必要什么都一定要拥有,也没有什么非得无法忘记。尽可以放开那些在我们生命中无法长久存留的,不去钻进欲望的沼泽满足各种欲望的话,也就不必向需要乞怜的人献殷勤,也大可不必向落寞之人送冷眼。把人情冷暖,世态炎凉,一一看透……每个人在每个重复又继续的日子里,算计不到哪天相遇哪个重要的人,从此,会纠缠你一辈子的记忆。风起的时候,不妨学会笑看落花;雨过的时候,不妨学会听寂寞在歌唱;穷也罢,富也罢,名也罢,利也罢,活成你自己,靠自己去创造自己的未来多好。

# 红白喜事过后的各种议论

我们村里先后有两家人家里有红白喜事。

先是林家的父亲去世了,弟兄二人给过了个颇有派头的大事。烟酒都是上百元的,中午的酒桌上有鸡有鱼,来客接近千人左右。除过正常的鼓乐队外,还请了有十多人的戏班子唱了两天大戏。

事后,街坊邻居们有赞扬的,也有不屑一顾的。有人说,平时弟兄两人对老人不大孝敬,去世后自己花钱买名声。有人议论,可惜那么多的钱了,白白糟蹋了。还有人说,大不了这几年有了一些钱,张得没领了……

过了几天,刘家要为儿子结婚。也许是听到了前面的议论声,或者是尽量想将事过得节俭点,他们仅仅待了二百左右的客人,酒席相对也就简单多了,烟酒都是四五十元的,请来执事的执客也很少。

事过之后,身后又是一片议论。除过个别人说好外,大部分人对此举嗤之以鼻,说长道短。有人说,太小气了,娃一辈子就结一次婚嘛,当老子的咋这么小气,不就花两个钱的事嘛! 有人还说,真真是个猫鬼神,家里那么富有,过事这样小气,不够人。有人说得十分激动,真不像人,人在世上就是挣钱花钱嘛,要下钱干啥,连给儿子结婚都舍不得! 各种说法都有。

其实,农村人就是这样,一件红白喜事,不论你过到什么程度,免不了人在背后议论,也正是这种议论,使有的人骑虎难下,不知如何是好?

　　农村的红白喜事大操大办本身就根深蒂固,尤其是随着生活条件的改善,现在几乎是越办越大。这种陋习形成了恶性循环,使人们互相攀比,其实很多人都不想大操大办,大多数人仅仅是为了面子,害怕后面有人戳脊梁骨,只能是"打肿脸充胖子",而让自己死要面子活受罪。尽管一些人对此陋习深恶痛绝,但还不得不为之。

　　现在,农村红白喜事的发展势头是:

　　喜事越办越阔。每当节假日或农历双头的日子,总有青年男女择吉日结婚。而现在迎亲动用的车辆,少则五六辆,多则二三十辆。承办婚宴的酒席,也讲究排场、比阔气,有的甚至将整个酒店包下,一摆就是几十桌。

　　丧事越办越大。现在,凡是丧事几乎都得大办,且请民间的鼓乐队,甚至小型演出团队,从早到晚,亲朋好友来吊唁的少者百十人,多者近千人,丧礼少则一百元,多则几百元;主亲还得送来高幡、纸人、纸马、纸轿、纸家电、纸轿车,等等。送葬的车辆也少者三五辆,多者数十辆,招摇过市,八面威风。

　　操办的项目越来越多。除过红白喜事外,还有生孩子过满月、生日、当兵、升学、房屋上梁、乔迁、祝寿等其他事,也让人应接不暇。

　　红白喜事不仅花费惊人,就是礼金也愈来愈高,有权势者借机敛财,无权无势者趁机收回往年投资,就连困难户也碍于情面,宁愿债台压弯腰,不愿人前落寒碜。它给人们带来的社会负担让人难以承受。酒席也越办越多,档次也越来越高。现在,就是普通人家,办一桩红白喜事一般都在三四十桌,每桌四五百元。有人统计过,每户人家,红白喜事年支出约占年收入的70%,倘若去掉家庭生活、生产的正常开支,一年辛苦劳作所剩无几,有的还因此背上了沉重的债务,发展生产自然是心有余而力不足。

　　人们都知道红白喜事的"水涨船高"是一种陋习,除过少数有权的人为了从操办红白喜事中牟取利益,除过那些暴发户为了显示自己的富有而人为地把事操办大之外,对于普通人来说,说它是一种公害,也不为过。大家都痛恨这种陋习,而事实上好些人却都为这一陋习推波助澜。一方面,是自己逢到红白喜事后,没有勇气去移风易俗,从简而办,只能是跟大流;另一方面,是别人家里一旦遇到红白喜事后,好多人也都乐意当看客,看不到别人办事的好处,而是横挑鼻子竖挑眼,咋看咋都不好,也跟上那些喜欢说三道四的人去瞎起哄。好些人就是在这种起哄声里不得不硬撑着去操办红白喜事的。大家都是受害者,大家也都是伙事者。

如何对待红白喜事,我想,最简单的办法就是,别人的事过得大与小,里面的得与失,我们最好别去管它;自己家里遇到的红白事到底该如何办,穿衣吃饭论家当,还是自己量力而行为好。走出世俗的羁绊,如果大家都有勇气去吃第一只螃蟹,改革这种陋习也就快了。

# 第三章　乡间记忆

# 记忆中的泾河流水

滔滔泾河水绕我们彬县县城缓缓流过，它是我们的母亲河。我们在泾河岸边长大，它承载着我们的喜怒哀乐，也滋润着我们脚下的这块土地。

泾河发源于宁夏六盘山东麓的泾源县，是渭河的第一大支流。它流经平凉、彬县，于陕西高陵县南汇入渭河。河出崆峒峡至彬县早饭头长 209 公里，河谷较宽，其中平凉到泾川之间右岸滩地平坦，为泾河最大的川区。从彬县的早饭头到泾阳张家山间河流穿行于峡谷之中，坡陡流急，水力较丰。张家山以下，两岸为黄土阶地，属于关中盆地。

泾河全长 455 公里，流域面积 4.5421 万平方公里。黄土塬区占 42%；黄土丘陵区占 49%；山区占 4%；黄土阶地区占 5%。泾河张家山站年径流量 21 亿立方米。年输沙量 2.8 亿吨，是渭河来沙量最多的支流。水系呈树枝状，右岸来自六盘山、千山的汭河、黑河等支流含沙量较小；左岸来自黄土丘陵和黄土高原区的洪河、蒲河、马莲河等支流含沙量大。泾河在彬县地段的长度大约 104 公里，流域面积共 37.6 平方公里。河宽 8 米到 2000 米，县城附近宽达 2800 米。平均流速 1.2 米/秒，最大流速 4.73 米/秒，最小流速 0.24 米/秒，年平均流量 57.6 立方米/秒，是彬县境内的第一条大河。

泾河以清澈著称，奔流千里与混浊的渭河相汇，仍能见到它清澈的一半,"泾渭分明""泾清渭浊"的成语由此而生。六盘山造就了泾河,六盘山孕育了泾河。在泾河发源地绵延数百里的范围内,茂林修竹,郁郁葱葱,百花争妍,鸟雀嘤嘤,被国家列为自然保护区。

上世纪70年代,印象中泾河水的流量还是很大的。那时除过早饭头泾河大桥外,彬县境内的泾河上再没有桥梁。农村人进县城要依靠渡船过河。县城周围主要的渡口有高渠渡口、虎(朱)家湾渡口、水北渡口等。其他渡口都是当地村上办的,如城关的朱家湾和炭店的虎家湾两个村,在交界处合办了一个渡口。规模最大、条件最优越的当属高渠渡口,它是县交通局主管的官办渡口,大约有二十多名员工,都是国家正式职工。当时的高渠渡口的河面也比其他地方的河面宽阔,水深大约在五六米左右。摆渡的是一只大船,长约二十米,宽十三四米。每次可同时载两辆解放牌汽车,还附加上人和牲口。随着彬县的各项社会事业的飞速发展,彬县境内仅县城周围,在泾河河道上面,已建有四座大桥。人们的出行已不需要坐船过河了。但是,在枯水季节,真的要想在泾河上摆渡,已经没有可以载船的水量了。

从上世纪80年代开始到现在,泾河彬县段的水流量已经越来越小。现有系列资料推算,在上世纪中,泾河年平均流量是63.6立方米每秒,年径流量是20亿立方米。进入21世纪,泾河的年平均流量在35立方米每秒左右,年径流量约11亿立方米。

当然,泾河也有发怒的时候,也会偶尔出现百年不遇的大水患,给沿岸人民带来生命危险和财产损失。我们记忆犹新的是,从上世纪70年代到眼下有两次大的水患。1977年7月6日,泾河发生了一起罕见的大洪水,这次来洪量6190秒立方,崩塌泾河沿岸农田2100亩,其中果园就达一千五百多亩。还有2003年8月,一夜之间,泾河暴涨,来洪量4910秒立方。惊涛拍岸,四野无涯。火石咀段的312国道下沿,已被洪水淹没,整个河滩,一片汪洋。当时的火石咀泾河大桥,仿佛汪洋中一叶孤舟,被洪水横夹其间,甚是可怕。也就是在这次洪灾中,彬永公路官牌段尽管离河道很远,随着果园田地的大面积崩塌,公路路基也大段大段地被洪波冲陷,在三个多小时内塌陷一公里多长。就是特大洪灾,其来洪量也明显被上个世纪降低了不少。

泾河流域的流水何以逐年减少?应该说,与目前泾河流域人类活动强烈,植被遭到破坏,水土流失严重等各种因素是分不开的。从客观上讲,泾河沿岸兴建各种水利、发电设施,节节对水截流是一方面。各地近年来开展退耕还林,治理水土流失,保水能量的增强诸种因素,是减少泾河水量的一个原因。此外,各地的煤矿开采,导致水位下降,加之人为的破坏植被,各支流的流水相应也减少,更是直接导致泾河流水减少的重要原因。

美丽的母亲河,它当年奔流不息、波澜壮阔的景观,可能只能成为我们美好的回忆而已。

# 犹忆当年推磨子

那两套流传颇广的《老杜博文选》的博文著作的作者杜峻晓，在其博客上发的一篇题为《石磨面》的博文写道："老家来人，拎来半袋子白面。临走，用地下党接头的神秘语气对老杜说，这面，万万留着自己吃，别给人，这是专门找石磨子磨的。说完，怕老杜不懂，还做了个推磨的动作。老杜哈哈一乐，怎么会不懂石磨为何物呢？老杜家里不仅当过'磨坊主'，而且，小时候可没少与石磨打交道。"

这里所说的石磨面也叫石磨面粉，就是用传统石磨加工出来没有任何添加剂的面粉。

用石磨面粉做成的各种面食，麦香味很浓，口感好，有嚼头。石磨面粉由于在低速度、低温度状态下研磨而成，而且磨的遍数少，从口感和味道方面看，面筋质、麦胚中的香味等得以保留。用石磨面粉和面时，吃水多而且面和好后醒面的时间短，无论拉、扯、搓，面条都能保持柔韧且不断，面条或面片煮熟后，口感柔韧且筋道。

其他面粉由于有添加剂、增白剂，面粉中胡萝卜素等受到破坏，面粉显得过于白皙，和面时，吃水少，面团色泽无变化，如含强筋剂(溴酸钾)过多，面很难擀开。面煮好后，看着好看，吃起来也筋道，但却没有麦香味。

但是，今天的人们所食用的面粉，基本上都是由各种类型的磨面机加工而成的。石磨面真正成了面粉中的珍品了,难怪老杜的老家来的客人对他说得那么专注。

由此,又让我们回忆起了当年推磨子的生活。

过去用的石磨子,就是厚度在多半尺左右的两块圆形石块巧妙地叠放在一起,上扇与下扇之间,刻有上下合卯的线型沟槽,中间有轴,上面有两个圆孔,推磨时,人或牲畜推(拉)着上扇逆时针方向转动,让粮食从上扇区的孔中漏下去,下扇区是固定死的,两块圆磨石摩擦的过程,粮食经过研磨后从沟槽自然流下。家里或集体养有牛、驴等牲口的,由牲口拉着转圈儿。人只要看管好牲口、给磨子上不断添加粮食即可。还得有一人不断将磨过的麦子(或者玉米)收拢到罗面用的罗子里,然后在罗面柜里筛过,筛过以后再将麦麸重新置于磨子上面的圆孔中。如此反复,直到面粉与麸皮全部分离为止。

如果是人力推磨子,就是很辛苦的事情。一般情况下,在石磨子上扇的边沿绑上三根一把粗细的木棍,我们管它叫磨棍,一个人一根,搭在肚皮前使劲推。推磨子一般需要三个人,就比较费劲,如果两个人推就很吃力。一般一个人是推不动的。就说磨麦子,一斗麦就是四十斤,需要推四个小时左右。常言说:"头遍轻,二遍重,三遍要了人的命。"第一遍,也许有麦粒在磨盘里滚动,如同无数个滚珠,推起来并不费劲。可是到了第二、第三遍,麦粒碎了,摩擦力增大了,推起来就很吃力。一斗麦子,需要磨六遍,才能将面粉彻底磨净,剩下麸皮。到第四遍之后,就很省力了。

上世纪 60 年代,在我们还很小的时候,最愁的就是推磨子。父母在生产队里劳动一天后,有时候晚上还要加班干活,回家后已经很迟了。那时在我的记忆里,每月最少得四五个晚上要推磨子。推磨子时,光靠父母是推不动的,就要叫上我们兄妹共同推磨。推头遍时,还有劲,加之本身不重,倒还乐意。推二遍三遍时,实在是受罪,有时两个眼皮打架,还得在磨道里不停地转圈圈。一般一斗麦子需要两晚上的时间。第一天晚上将头遍二遍磨完,第二天晚上再磨后四遍。有时也有头一晚上磨三遍,第二晚上磨三遍的情况。

推磨子时,我们往往很不情愿,父亲为了逗我们高兴,也会边推边给我们讲些故事笑话之类。有一回,他说了一句话,让我一辈子都没有忘记。父亲说,世上的路,都有尽头,唯有磨道的路是没有尽头的。当时我还想不来,长大后才明白了。是的,你即使从你的家里走北京、上海,都有个里程,都能按时达到目的地。但是,磨道上是无休无止地转圈圈,是能一直转下去的。

那时候的推磨子,还有个小小的笑料。说的是有个儿媳妇和老公公两个人推磨子。推着推着,她发现老公公跟在自己的屁股后面转,感觉很不舒服,就提出换位置。和老公公换了位置后,开始还舒坦,走着走着,又发现老公公还跟在自己的屁股后面。又提出换位置。老公公告诉她:娃,磨道的路就是这样,两个人推磨子时,就看你咋看,既是前面也是后面,你就感觉你走在我的后面,你就一直在后面。儿媳妇按照公公的思路再一看,就两个人嘛,前面即后面,后面即前面,在磨道上不停地转圈圈。

人推磨子一直持续到上世纪七十年代初期,我们彬县各村相继通电后,一些生产队也才慢慢买回小型的磨面机。当时磨一百斤麦子的工费是六角钱。就这,有些人还嫌价钱贵,抽空还用人推磨子,而节省一点磨面费。

对于我们这一代人来说,让磨子给推伤了,提起来就后怕。对现在的年轻人来说,只能是在影视里去看这些镜头了。

磨道里的路是没有尽头的,记忆深处的这段往事,让人刻骨铭心。

# 感叹泉水不再潺潺流

叮咚！叮咚！你听，是谁在山上弹琴？

你瞧，是一股清泉从石缝里冲出来了。多高的山啊！可它压不住这一股泉水。泉水在岩石下拼命地冲啊，冲啊，努力寻找出路，终于从石缝里冲了出来。它胜利了，来到这阳光灿烂的世界，快活地跳起来，晶莹的水珠洒落下来，像洒下幸福的热泪，它要把自己献给美好的生活。

上面这一段美文，是一篇题为《泉水》的文章中的一段，欣赏着这优美的文字，我们不由得就会想起泉水，想起儿时家乡到处都可见到的清泉。清泉潺潺的流水声十分好听，非常欢快。就像上世纪 70 年代著名歌唱家于淑珍唱的那首歌《泉水叮咚响》里的那样："泉水叮咚，泉水叮咚，泉水叮咚响，流过了山川，流过了草地，来到我身旁……"

泉，其实就是地下水天然露到地表的地点，也可以说，是地下含水层露出地表的地点。泉往往是以一个点状泉口出现，有时是一条线或是一个小范围。泉水多出露在山区与丘陵的沟谷和坡脚、山前地带、河流两岸、洪积扇的边缘和断层带附近，而在平原区很少见。它为人类提供了理想的水源，同时也形成了许多观赏景观和旅游资源。我国泉的总数可以达到十万多处，分布也是十分广泛，种类也非常丰富，全国各地的名泉可以说是不胜枚举。比如,山东济南趵突泉、江苏镇江中泠泉、浙江杭州虎跑泉和江苏无锡惠山泉就被誉为"中国四大名泉"。

关于清泉,古今留下不少的诗文名篇,让人品味无穷,如唐诗人王维的"明月松间照,清泉石上流"那优美诗句的韵味,明月透过松针之间的缝隙透射在大地上,仿佛碎了的月亮散落在地上,却又在随风变换着形状,让人心沉静。一切都是那么的静谧,如果不是听到潺潺水声,任谁也不会发觉那光洁的石头竟拥有流水的抚摸。

尽管我们家乡没有名泉,但凡是地处深沟或者山坡底下的好些地方,往往都有一泓清泉。尤其是上世纪 70 年代到 80 年代,当农村的饮水问题还没有解决的时候,山坡、川道或者塬边有沟坡的村庄,几乎都有一眼或者数眼清泉,供一村人饮水用。那甘冽清凉的泉水,是现在的纯净水之类所望尘莫及的。

我们这一代人的儿时,是在泉边长大的。很多的时候,是和妹妹弟弟在自己村子里遥远的泉水边抬水、担水。有时偶尔走亲戚,要么是帮助亲戚家里去泉边担水,要么是一伙小伙伴们去泉边玩耍嬉戏。特别是在炎热的夏季,我们最爱去的地方就是泉边。因为凡是有泉水的地方,就长着很多的柳树等树木,比较凉快。在泉边玩耍,大树底下好乘凉,晒不到太阳是一方面,玩渴了也随时有水可喝。每逢节假日或星期天,泉边是我们最理想的乐园。

即就是从农村进县城,沿途的山坡根底,也有不少的泉水。那时人们不管走多远的路,靠的就是双脚。到县城去一次,无论多远,都得自己走去。走乏了,走渴了,奔到一个泉边后,先用双手掬一掬清冽的泉水喝上两口后,吃一块自己随身带的干馍,小憩一会儿后,继续上路。泉水就在我们的身边,真正是伴随着我们"流向远方"。

后来,各村的饮水上塬工程相继解决,村民们的饮水不成问题了。有的甚至将自来水龙头安在自家的院子或者灶房里面,泉水也就慢慢被人遗忘了。泉水大都在深沟的高崖下面,有时下暴雨后滑落的泥土会湮没它。人们需要它的时候,就会及时去清理污泥,将其淘净,让其重新为人们服务。一旦不需要它了,也就无人问津,一些清泉就是这样被埋没了。

　　还有,随着工业化的发展,各种大小煤矿的开采,还有一些建材工业的采集原材料,对清泉的源头也是一种威胁,有些无形就将其源头破坏了。现在,在家乡的好多村庄,已经找不到一眼清泉了,可以说已经绝迹,成了我们这一代人美好的记忆。对于年轻的人们来说,要向他们述说清泉的形象及其来历,可能已经无法理解和想象了。

　　泉水不再潺潺流,好多与我们生活息息相关的东西都在慢慢消失,以至于成为回忆。在它的背后,是环境污染和破坏带来的惨痛代价。

# 渐行渐远的亲情友情

小时候,最让人难忘的是亲情。那种浓浓的情分,即使几十年过去了,还是记忆犹新。不过,那情那景,却成为再也体验不到的历史镜头。

当然,我们所说的亲情,既包括父母子女间的亲情,还包括舅舅、妗子、姑父、姑母、姨父、姨妈等旁系亲属和其他有亲戚关系的亲人之间的那种情分。

上世纪六七十年代,尽管人们的生活水平很低,绝大多数人的家里几乎是吃了上顿愁下顿。但是,人们的亲情关系却很酽,十分重视礼节。农村的一个生产队里就那么三几个户族。一个嫁出门的姑姑或姐姐,回娘家后,除过自己的父母,大伯、二伯、四叔、五叔都是亲份子。还有本家的三大、五大家里,只要认亲,都有往来。只要有一位出门的女人回娘家后,无论是早饭还是午饭,家家户户抢着叫到他家去吃饭,有些是提前预约,有些干脆把饭做好,抢先一步,硬请到自己家里吃饭。那时人们要给客人做一顿像样的饭,确实很困难。即便如此,人们也乐意克服困难,请姑姑姐姐吃饭,而且能以抢到自己家里为荣。特别是上年龄的老姑姑或老姐姐,回娘家后,娘家晚辈们的敬重之情更为炽烈。

女儿回娘家是这样,外甥女到舅家也是同等的礼遇。还有,一个女的走亲戚到某个村上后,这个村里如果还有他的其他亲戚,譬如是表姑、表姐、儿女或侄儿侄女亲家等关系,只要看见了,吃午饭时也要专程赶到你所在的家里请你吃饭。即使你不去,或者对方明知你不去,都要诚心诚意来邀请。

随着社会的不断发展变化,人们的物质生活水平越来越提高,这种亲友之间本来浓郁胜似酒的情谊已经淡而无味,不如凉水。

现在人们走亲戚的现象本身就少了,除过春节期间、亲戚家里有红白事不得不去时,一般已经很少走亲戚。即使走亲戚,已经没有那种礼遇了。譬如一个女人回娘家,娘家有三个或四个哥哥弟弟,往往吃饭时还没有人叫。出嫁的女儿回娘家,一般是父母和哪个儿子在一块生活,就在哪家吃饭,其他哥或弟,主动叫吃饭的都很少。如果父母去世了,女儿一般没事不去娘家,即使偶尔去了,也都不大吃饭,转一转,然后回自己家里去。亲兄亲弟都是这样,其他叔伯兄弟能否真心留你吃顿饭,就可想而知了。

亲情是人间最韧的纽带,父母与子女相亲相爱,是家庭幸福生活的主要内容,是家庭幸福的源泉。即使其他亲戚,血管里也有着共同的基因,也有亲情相依相连。可是市场经济的发展,人的自我意识增强,处在社会转型期的人们的幸福观、价值观也开始变化,现在的人,考虑自己的多,考虑他人的少。因而,当年那浓烈的亲情已经渐行渐远。

亲情淡化的客观原因是社会发展、人们的生活节奏加快了,走亲戚的次数明显少了。即使去了,现在的交通也很发达,随去就能随时回家,不像前多年交通不便,人们大多靠两条腿走路,不在亲戚家里吃住,就无法回去。再就是现在的人讲究,亲戚家的条件如果不如自己家里,也不愿意在那儿吃饭住宿。

从主观上讲,人们现在看重的是金钱、是利益,大多数人围着自己转,以自我为中心,从思想上对亲戚的有无或者冷热已经不当一回事了。现在的人,除过丈人爸家里非去不行外,对其他亲戚真是可有可无。过去舅父是头号亲戚。舅父的位置早已被岳父替代。连舅父都无所谓,其他亲戚有能如何,无又能影响啥呢?

再退一步,现在的子女与父母之间的亲情也在淡化,何况它乎？有一个故事，颇为耐人寻味：

有个乡下的小伙儿，毕业后去千里之外打工，应聘到了一厂家。第一年，每周给母亲打一个电话，听母亲唠叨，母亲也感到儿子就在身边。快过年了，听儿子解释说，过年加班可以得多倍工资，寄了300元回家，母亲很理解儿子，脸上充满会心的微笑，自言自语："我儿懂事了，学会挣钱了。"

第二年，儿子每月给母亲一个电话，听着母亲唠叨，慢慢不耐烦了，到过年时，给母亲寄回500元，一个电话淡淡的解释，便匆匆地挂断，回荡在母亲心里的是不知所措。

第三年过年时，准时寄回800元，一个电话，母亲还来不及将心里想说的话对儿子说的时候，儿子已经挂断电话，母亲心里一阵阵发酸。

第四年，快过年，儿子准时寄回1500元，一句浅浅的问候，母亲主动挂了电话，儿子没有再打过来，母亲失望地流下了泪，胸中的难受，久久难以平息。

第五年，由于儿子踏实能干，老板已经将他升为部门经理。

过年时，他准时为母亲寄回2000元。让秘书打电话说："两千元已经寄出去了，经理工作很忙，让我带他向您问好。"母亲呆站在电话旁，说什么呢？

当然，这是社会潮流，靠某个人或者部分人，根本无能力唤回久违了的那份浓浓的亲情。那么，我们就将其留存在我们的文字里，留存在我们的记忆里。让年轻的人们知道，原来老辈人对待亲情关系竟然是如此的亲切。

# 彬县行人情带水礼的由来

水礼,是相对于贵重礼物而言,指的是酒食之类普通食物。对此,典籍早有记述。最早出于唐朝段成式的《酉阳杂俎续集·支植上》:"卫公言,有蜀花鸟图,草花有金粟,石阄、水礼、独用将军、药管。"晚清著名小说家吴趼人的代表作《二十年目睹之怪现状》第四十三回也记述道:"次日我便出去,配了两件衣料回来,又配了些烛、酒、麵(面)之类,送了过去。却只受了寿屏、水礼,其余都退了回来。"

在彬县民间,也有水礼之说,它特指的是馒头、锅盔之类的面食,且作为亲友之间行人情的专用礼品,还有一定的由来。

民国初年,彬县民间,凡红白喜事之类,人们相互行人情,都不带水礼,用现在的话说,都是随的干礼,只行钱或者物品。在彬县,民间行人情带水礼的规程是由永乐人胡英伯亲手所立的。

胡英伯是永乐军村人,上世纪 30 年代初,他在永乐乡担任乡长时,家里过冬至事(也就是借助冬至这天,祭祀亡故的祖先),他就专门立了一个新规程,凡是来行人情的人,一般来客必须带上十个蒸馍,并行钱;凡是亲戚、行重情者,必须带上九个贡品(彬县人用麦面蒸的一种方形蒸馍,供祭祀专用);凡是嫁出去的本家姑姑姐姐来时,除过带上九个贡品外,还要带上贡牌、贡顶之类的面食。贡牌是用面食做成的各种祝福庆寿一类的花卉图案,大的有 30 厘米宽,40 厘米高。贡顶就是要在九个贡的顶端插上面食做的八仙过海、鸟类、花草之类的造型,并用各色颜料染好。

胡英伯家里的冬至事过后,他又将这个程序逐步完善,形成制度,以后家家过事,来宾都应执送水礼之礼,并对不同的事立下不同的规程。譬如,给老人祝寿,去时必须带一瓶水酒,或者十个鸡蛋,然后用麦面做十个寿桃。孩子过满月,除带蒸馍外,重要亲戚还要烙一个有一定花饰的圆形锅盔,中间留一个小孔,然后再用红头绳拴上数量不等的纸币,与锅盔拴在一起,作为水礼之一。

从此,这一习俗就流传下来,一直延续了几十年。对于客人们带来的水礼,主人在收受时,也有程度不同的讲究。如果主人家过事时杀猪或者宰羊,带来的各种水礼就全部收下,如果不杀猪羊之类,就象征性留几个,然后将其余地退回去,称作"回礼"。

到了上世纪六七十年代,由于农村群众的生活一直处于紧张状态。行人情送水礼,既是一种乡俗,也成了为事主扶危解困的一种形式,客人带上部分水礼,主家就可以少蒸一些馍,可以得到一定的垫补。那时,农村人的生活都很困难,有人在行人情送水礼时,也就学到捣鬼的小窍门。就是蒸馍时里面用高粱面,外面用麦面裹住,外表看起来是白麦面,里面其实是红高粱面。还有,人们为了逃避送水礼,也对礼规进行改革,行公情者可以不带水礼。所谓公情,就是某一个单位或者部门的所有人员,把钱集在一起,置办一份大礼者,就算公情。这样的人情,可以堂而皇之地不带水礼。还有,一些聪明的人,三五个或者七八个人,将钱集在一起,置办一份礼物,也就成了公情,可以不送水礼。

农村过事,关于水礼及其他,也还有这样那样的问题。生活困难时期,客人们带来的那几个馒头,跟事的执客、本家和来客里面的部分人,总用眼睛盯着,时不时想顺手牵羊拿上一两个去吃,或者偷回家里去。总管就要在执客里面选上两个能立起茬口、又能秉公办事的人管馍,不准所有闲杂人等乱拉乱拿,以保证下午开席时能够用。如果管不好的话,下午开席后往往不够来客吃,让主家很尴尬。慢慢地,人们的温饱问题解决了,农村过事时,没有人再到厨房乱拿蒸馍了,却有人在厨房偷吃肉食,总管还得选人管好猪羊肉等,以防乱拉。再后来,人们的生活水平有所提高了,没有人眼馋肉食了,农村人里面总有心眼小的人,又开始在香烟上打开主意了,明拿暗偷。于是,总管又只好选个硬成的人分管烟酒,拒绝乱拉。

随着时代的发展,农村行人情带水礼的现象,已于上世纪80年代后期、90年代初期逐渐消逝,人们行人情时也不必大包小包地背上蒸馍之类的水礼,行人情都成了干礼,且随着观念的不断更新,行人情由行物品向现金发展,且一路水涨船高,标准也越来越高。一方面,人们在感叹行人情的标准过高了;一方面,也显示了生活水平确实在不断提高。

# 农村的现状让人忧

时下,走进一个又一个村庄后,不难发现,人很少。在寥寥无几的人群中,青壮年人已微乎其微,见到的多是妇女儿童和老人。人们戏称这是"386199部队"。"38"指的是妇女,"61"指的是儿童,"99"指的是老人。

近年来,在经济社会的发展进程中,伴随着城镇化、工业化的强势推进,农村大量青壮年劳力为求创收与发展,大都外出打工,留下妇女、儿童、老人,形成了农村"空壳化"现象。这种现象,是我国经济社会实现跨越式发展背景下产生的一种特殊的社会现象,也是农民向往现代城市生活、追求高品质生活的必然趋势。

农村青年的大量外出,一个最大的好处是,婚姻交流的地域宽广了许多。现在外出打工的青年男子,大都娶回了外县外省的姑娘。而外出打工的姑娘娃,有不少的人也嫁到外县和外省。这样,避免了近亲结婚,有利于提高人口的整体素质。县际之间、省际之间的信息、文化等方面的交流,也通过儿女婚姻相应地增多。

但是,"空壳村"的相继出现,也带来了一些问题:

一方面,现在农村的农活没人干了,尤其是一些重体力活、技术活和科技含量相对大的活,后继无人。好些村庄留守的劳力,老的老,小的小,体弱的体弱,面对一些重活,想寻找个强壮劳力是十分困难的。但是,农活的主要劳力还是老年人和妇女。现在都是一家一户为单位的农业生产单位,自家活你不干,没有人给你

短言的语话人生

干啊!

另一方面,农村中谁家有个红白事,想请个帮忙的也比较困难了。农村人现在经济条件好了,一般过红白事时邀请帮忙的执客都得几十人。现在要在一个村子里寻找几十个青壮年劳力,确实已经是难上加难。现在,一些庄户人家过事,没有办法,执客里面大部分已由女劳力替代。至于谁家要盖新房,想寻亲友或者邻居的青壮劳力帮忙,就越发没门儿。

对于家庭来说,最大的问题出在了留守儿童的教育方面。农村的老人们,大都没有文化,好些青壮年是夫妻双双都外出打工,留在家里的孩子要么上小学,要么上中学。上小学的孩子,没有人帮助他们辅导功课。上中学的孩子的人生观教育这一课成了问题。因而,孩子的教育也出现了"空壳化",这也成了导致青少年犯罪的一个源头。

还有高龄老人的养老、土地资源的闲置和荒芜等诸多的问题,都成了当下新农村发展中亟须解决的问题。它会使农业生产滞后、危害农村稳定,不仅阻碍经济社会发展进程,更直接动摇农村和农业的出路,是非常令人担忧的。

为当下农村的"空壳化"寻找"药方",还需要社会各界的有识之士及专家学者为其献计献策。

# 从衣着的变化看时代的变迁

"盛世有华服,太平有霓裳。"服装是我们对岁月的一种记忆,也是穿在个人身上的历史画卷。不起眼的服饰历来就是一个又一个时代最为鲜活生动的形象记录,更是时尚变化的风向标。它记录的是历史的变迁,反映的是社会的发展和文明的进步。

生活在彬县这块土地上,几十年来,我们目睹了自己身上衣着的变化和其他亲友的穿着打扮,也看到不同时代这个地方年轻人的穿着变化,真是感慨万端。衣服虽然是个人身上的外表符号,但它却弹奏的是时代的音律。

上世纪 60 年代,我国还处于生产力和生产条件滞后的阶段,各种物资都得凭票购买。要缝制一件新衣,得到供销社买布料,布料需要布票,是凭票供应的。每人每年发八九尺或一丈布票,发放最多的时候,好像每人的布票是一丈五尺左右。那时,一般家庭的人不可能每年换一套新装。大多数人是在过新年或结婚时才穿新衣裳。一件衣服冬天穿完夏天穿,只有过年时才给孩子做件新衣服。几乎没有什么鲜艳的衣服,更少见花衣裳,蓝色、黑色是当时的流行色。

直到上世纪 70 年代,老太婆常穿着一色蓝黑大襟褂子,长布条裹缠的小脚,老大爷基本上是三个口袋的对襟布衣布扣,衣料多为土布。当时即使地方供销社的布匹品种也很单调,大都为"平布""涤卡""花哔叽"之类。衣着的色泽、样式略有变化。

灰、黑、蓝和军绿,这些单调的颜色曾经一度主宰着国人的服饰色彩,再配以宽松、单一的服装款式,大家最常穿的衣料叫"的确良",人们认为最有品位的服装款式是中山装或毛料服。"名牌"的概念,就当时而言,指的不是永久牌或凤凰牌自行车,就是熊猫牌收音机。每天,人们穿着一模一样的衣服行走,甚至连家里的饭桌和墙上挂的画,也都是一个模样。不同服饰形式,也是不同时代的标志。

上世纪80年代,随着生活水平的提高,奇装异服应运而生,人群中出现了五彩缤纷的打扮,高跟鞋、牛仔裤、喇叭裤成为当时一道亮丽的风景。当人们刚刚脱下流行的绿军装后,一夜之间,喇叭裤竟然盛行了,它从一开始出现就受到了传统观念的反对和排斥。记得彬县街头有四五个女孩穿起它后,后面一片唾骂之声,有人甚至叫上她父母的名字大骂。不光彬县,可能全国都大致一样。流行歌手艾敬在她的《艳粉街》里唱道:"有一天一个长头发的大哥哥在艳粉街中走过,他的喇叭裤时髦又特别,他因此惹上了祸,被街道的大妈押送他游街,他的裤子已经扯破,尊严已剥落,脸上的表情难以捉摸……"以至于人们回忆的时候竟然用服装这样的词来概括那个年月:一个喇叭裤的时代。

衣着的变迁,基本上走过了三个阶段。过去,把换衣服叫作换季,但至少一个对年,才换一次新衣服。上世纪80年代中期以后,才真正算换季,每一个季节要换衣服。每一季中,又添置几次衣服,看见别人穿得时髦、洋气,跟着就去追风,追几天后,觉得还有更适合更新的质料、款式、色彩,跟着就再去添新的。到了90年代,人们在看衣服质料、款式、色彩之外,开始追求名牌,许多人的衣服上名品牌的标志看到都舍不得摘下来,好让别人欣赏时,很快就知道、并且能记住,随后不少人从追求国产名品一跃到追求世界名牌产品。

就连脚上穿的鞋袜的好坏基本也能反映生活的标准,从打光脚板到穿草鞋是人战胜自然的第一步,然后是布鞋、胶鞋,后来从上世纪九十年代开始,穿皮鞋的就很普遍了,而现在,许多人喜欢穿名品牌鞋。

人们在解决温饱后,往往把衣着放在首位,因为衣着是人们展示自己的第一品牌。近几年,彬县人的衣着变化十分大,流行、时尚成为年轻人的代名词。现在,走在彬县的大街上,用五彩斑斓来形容人们的穿着毫不过分。即使在冬季,穿着各种款式各种颜色服装的人群,也会让这个小县城风光旖旎。人们不仅对服装的质量、花色进行挑选,还要追求品牌和时尚,体现个性与修养,服装业也由此演变成了一个色彩斑斓的时尚产业。现在的彬县县城到各个镇上,大街两侧,各式各样的店铺林立,其中有不少是名牌服装专卖店和服装超市。而在这些店铺里,生意也很红火,每天都有许多男女老少来选购自己喜欢的服装。

改革开放以来祖国的辉煌成就,我们家乡彬县的变化,可以透过不同时期老百姓身上的穿着变化,寻找到最直接的答案。

# 第四章　时光碎片

# 魏徵梦斩泾河龙君的种种传说

我们彬县地处泾河流域,泾河从县城之北绕城而过。潺潺的泾河流水里,也流传着不少十分有趣的民间故事,魏徵梦斩泾河龙君就是其中之一。

传说唐朝初年有一年,久旱无雨,土地干裂。人心惶惶,都盼着能有一场好雨,以缓旱情。民间有人求神祈雨,有人求神问卜,期盼下雨。

这一天,长安城内驰名的相术先生袁天罡在长安街头算卦。袁先生卦术极佳,能断定吉凶,知人生死。久旱盼雨的农人们,看见袁先生后,就像见到了救星,向他祈求,问何时能有甘霖。袁天罡占卦断定,当日午间长安城内当降雨三尺三寸零四十八点。事有凑巧,泾河龙君这天无事,也变化成一个白衣秀士去长安街上游玩。当他听到袁天罡的这一断言后既不相信,也不服气。泾河龙君尚未得到天官要他降水的指示,当然不信会降雨,就上前去和袁击掌为誓。

谁知龙君刚回泾河龙宫,天官降雨令就到了,而且降雨量与袁先生测定的一样。龙君极爱面子,是个输不起的性子,就违规少下了三寸零八点雨。泾河龙君偷工减料的事被天官查得,认为他犯了天条,罪该处斩,就指令曹官魏徵于次日的午时三刻监斩。

泾河老龙急中生智,就向唐太宗李世民求救。第二天,唐太宗就召魏徵入宫一起下棋,想以此拖住魏徵。午时三刻,魏徵忽然打起瞌睡，伏案而睡。唐太宗见状后，还拿起御扇为魏徵扇凉，想让其睡得更踏实些，拖过午时，就等于救下泾河龙君。扇着扇着，只听魏徵梦中大喊："杀！杀！杀！"还未喊毕就清醒过来。唐太宗问他杀什么。魏徵说："我刚才喊杀的是泾河的龙君。正当我与老龙斗得满头大汗，怎么也无法得手时，不知从哪儿吹来一股清风，吹得我飘然而起，就像长了翅膀一样，轻松地斩掉了老龙。"唐太宗听后一拍大腿说："糟了，我还答应给龙君帮忙，没料到帮倒忙啦！真是人算不如天算！"

从魏徵梦斩泾河龙君一案，又引出另一则民间传说。

传说唐太宗李世民答应救泾河龙君，结果却使他的龙头落地。泾河龙君死得不甘心，其阴魂不散。每天入夜，当李世民进入梦乡之后，就看见泾河龙君那血淋淋的面孔。他怒气冲冲地追问："你说你能救我，为何没救下我？你没这能耐就不该答应，我寻其他人帮忙，可能还能保住性命！"一次两次还不要紧，要命的是天天晚上都是如此。有时，那泾河龙君竟然气势汹汹地喊叫："还我命来！"甚至还追打唐太宗。经常把他从噩梦中惊醒，吓得浑身冷汗。时间一长，李世民实在招架不住，就向徐茂公讨教。徐茂公眉头一皱，计上心来。就让名将秦琼和尉迟敬德每晚睡觉时，在唐太宗卧室门外的两边为他站岗。这样，泾河龙君的阴魂被这两员大将的威严挡在门外，唐太宗真的能安安稳稳地睡觉了。

唐太宗是安然了，他每晚都能舒服地睡觉。可是，秦琼和敬德却不得安稳了。他俩白天还有公务，晚上得彻夜为皇帝站岗，累得腰酸腿疼。偶尔有一晚不上岗时，泾河龙君又来骚扰。最后，还是徐茂公想出了良方。就让画工为两位将军画成画像，贴在唐太宗卧室外面的门扇上。这样，也真地将泾河龙君的阴魂阻挡住了。

秦琼敬德其实是给皇帝老儿看守大门的。后来，竟也流传到了民间，走入寻常百姓之家，被人们敬成门神，逢年过节，也为我们老百姓家里看起门来。

秦琼字叔宝，唐初将领，齐州历城（今山东济南）人，玄武门之变力佐当时的秦王李世民,后被封为胡国公,是我国古代唯一能与三国关羽并列的义士、良将、忠臣的典范;尉迟恭,字敬德,唐代朔州善阳(今山西朔州市城区)人,在玄武门之变中立了头功,射杀齐王李元吉,并奏请唐高祖李渊降手谕,令诸君听从李世民的指挥,后赐爵吴国公。两人均为凌烟阁二十四功臣之一,去世后都陪葬昭陵。繁体的"門"字,"从二户"(《说文解字》),可知门本两扇,若贴门神画,正好一扇一神。相对于屋主正好是左为秦叔宝,右为尉迟恭。因为根据传说,秦叔宝的武艺和资历都在尉迟恭之上,而且秦叔宝还帮助过李世民降服过胡人尉迟恭。通常叔宝为白脸,留五绺须;敬德为红脸,蓄连鬓须。

# 寒门走出的进士：王吉相

　　清康熙年间，陕西邠州票村(今彬县北极镇票村)出了一个大才子，名叫王吉相(1645—1689)，字天如，他小时候家里十分贫穷，无力入学，在家牧羊。空闲时在书房外听私塾里的先生讲课，被塾师发现，他过人的记忆力又使塾师吃惊，便送书与他。王吉相很要强，极为好学。

　　据说，王吉相年龄稍大点，就常年外出做零活，类似现在的打工。有一年给三原县的一所学校干杂活。一天，学校的先生因事外出时，怕学生们在校玩闹，就给他们出了一道难做的作文题。老师走后，学生们左思右想，做不出来，便聚在一起议论。王吉相听见了，就问："先生给你们出了什么题目，拿来让我看看，行吗？"学生就把题拿给他看。王吉相就照这个题目给学生写了一篇作文。先生回来后，学生把这篇作文拿给先生看。先生看后觉得写得很好，出乎自己意料。他不相信这是自己的学生写的，就追问是谁写的。学生在先生追问之下，都说是干杂活的王吉相写的。这位先生觉得王吉相很有才气，就把他找来谈话，后来又指导他学习。王吉相学得很用功，每天都给自己规定了任务，完不成任务就头顶四块砖自罚，晕倒以后，醒过来继续学习，直到完成任务为止。

　　功夫不负有心人，王吉相终于考中了进士，任翰林院庶吉士，教皇学。一个贫苦农家的孩子，能够进士及第，这可不是简单的事。因为进士是中国古代科举制度中,通过的最后一级考试者,它是古代科举殿试及第者之称。意为可以进授爵位之人。

王吉相因勤苦自学,于康熙十一年(1672)中解元,十五年(1676)中进士,授翰林院检讨,后改授翰林院庶吉士。入翰林院后他曾作《砖师赞》,词中写道:"一有差失,焚香顶礼。此过不改,此身不起。幸而有成,皆汝之施。戴尔大德,终身无欺。"

王吉相进士及第后无意于官场,告老还乡后潜心做学问,学有所成,当时被称为"北方真儒"的李二曲(李颙,又名李中孚)主讲于关中书院。王自揣未信,问道于李。晤谈之后,李赞王"质淳行笃","善读善阐",退而慨叹:"此真为(知)己者也。"李为有这样的门生而自慰。

康熙二十二年(1683),陕西巡抚张汧(方伯)亲自探望王吉相,称赞他为"笃志力行君子",后来门生求学不断。他晚年虽背部生疮,因病家居六载,失血七次,自觉病危,但仍勤奋写作,以四书原文为经、自己见解为纬,著成《四书心解》及《偶思录》。现代中国著名思想史学者西北大学张岂之教授说:"此书对于全面了解明清之际及清代初年中国思想界的发展动向有一定作用。"

王吉相的《四书心解》成书于康熙年间,有一说是道光十四年(1834),邠州学署刊刻此书,还有一说,道光二十四年(1844),邠州学正贾锡智刊刻该书,并将《偶思录》附后。同年,郃阳(即今合阳)儒学馆也刊刻了此书,同样将《偶思录》附后。此外,三原人杨秀芝于道光二十三年(1843)刊刻王吉相的《四书心解》。周至县终南堡人、嘉庆进士、翰林院庶吉士路德,一生著述颇丰,除过自己潜心著述之外,还整理刊印他人著作多部,其中就刊印了王吉相的《四书心解》。在序言中高度评价:"其言独抒所见,不依傍程、朱之说,而其融会贯通,头头是道,实能得人心之所同然,发前人之所未发。"封建社会没有官办的出版社,一些饱学之士、有识之人,只要看中某书有一定的价值,就会自费去刻印。从王吉相的《四书心解》被广为刊刻,不难看出它的价值所在。

王吉相是寒门里走出的学问家,他是自学成才的典型,也是彬县人的骄傲。王吉相在那个年代、条件极为艰苦,仍能发愤图强,而且学业有成。对于我们今天条件优越的学子们来说,是值得学习和借鉴的。

# 刘南庵的治家之道

刘南庵是旧时的一位大财主,是现代车村人的先祖,据说,花花城是他家的私城。具体是啥年代的人,还说不清。关于他及其家庭成员,有好多传说故事。但是,尽管他家财势很大,他却是勤俭持家的一位好手。体现在他身上的优点,一是勤劳,二是节俭。

传说有一次,刘南庵去山西洪洞县后,就把自己骑的马拴在王家大院的一棵槐树上,结果马将树皮啃了。为此,王家大院的人不高兴了,要他赔偿。刘南庵就对王家的人说:"我大(父亲)说了,这树是我家的。他还在槐树底下埋了一大堆金子,不信我刨出来给你们看。"王家的人不相信,南庵就用手指头在树下刨了刨,果然刨出一大堆子金子给了王家人,就把这棵槐树买下。他把一个铡串子钉在了树上,以后每次去山西,就把牲口拴在那棵树上,王家人也不好再说什么了。

刘南庵兄弟六人,包括他在内,每天鸡叫就起床,和家里雇佣的伙计们一道下地干活,从不偷懒。闲时他还带上锨笼,到路边去拾粪。家里的生活也很节俭,每顿饭后,锅底都要铲净,将铲下的锅巴吃了。他自己带头,吃完饭后就舔碗。他这样做,其他人也就跟着效法,将吃完饭的碗舔得干干净净。

有一天,刘南庵无事,就到村边的路口去拾粪。碰见六个人推着高把车坐在那里休息。也许是赶路走饥了的缘故,他们坐在那里吃烙馍,地边却掉下了不少的馍渣。刘南庵见状后,就走上前去，蹲下去捡拾他们掉下的馍渣，边拾边吃。这些人看他穿得烂烂的，误认为是个讨饭的，其中一人就取出一个烙馍给他。他不要，说是看到馍渣掉了有点可惜。那些人告诉他，他们是来籴苜蓿籽种的，打问看刘南庵家有没有。他告诉他们，他家就有，于是就将这些人带回家里。

刘南庵回家后，呼唤二掌柜的将钥匙拿过来，依次开门，先后开了23孔窑洞，每孔窑内的粮食都装得满满的，几乎装到窑顶。他问苜蓿籽种在哪孔窑里。于是二掌柜就打开一孔窑门，里面竟然全部都是苜蓿籽种。这六个人看得目瞪口呆，才知道拾吃自己馍渣的竟然是大名鼎鼎的大财主刘南庵。

刘南庵借机将这六个人狠狠地骂了一顿，痛斥他们不知道节约、浪费粮食的行为，这也是对那些不俭省不节约者的一次教育。

当然，刘南庵并非守财奴之类的人，该大方时，他的大方也是很出奇的。据说，北极史家河村修关帝庙的时候，资金成了问题。一天早上，刘南庵戴着个毡帽，穿着黑棉袄，提着个粪笼拾粪时，走到了史家河村关帝庙工地。他就问施工的工头，要不要布施？工头看他那副破烂相，根本瞧不起，就说："你穿得这么破烂，还有个钱布施吗？快快往远走。"刘南庵说："海水不可斗量，人不可貌相。你咋就知道我没钱呢？"并告诉他，自己就是车村的大财主刘南庵，众人一听，倒身就拜。他问庙上都需要啥东西？庙上施工的人说，得40石黑豆，40石黄豆，40石大米。刘南庵说这很简单，又问得多长时候要货，庙上的人说一个月内。果真一月之内就来了三拨运粮食的。运粮的三拨队伍，赶着的毛驴长相一样，赶驴的脚户的穿戴也一模一样，足见其财势之大。

爱默生说过："节俭是你一生中食用不完的美筵。"节俭是一切美德之源。任何人，一旦奢侈或者浪费，必然会导致败家或自取灭亡。像刘南庵那样的大财主，都能注意节俭，处处带头节俭。这对我们普通老百姓来说，应该有一定的教育和借鉴作用。

# 闲话绅士豆英伯

上世纪 30 年代,彬县义门镇出了一个颇有影响的地方绅士,叫豆英伯,是义门镇豆家湾村人。家里是地主成分,财势较大,但他本人却很有作为,处事公道,敢作敢为,在北极塬周围是颇有影响的人物。他一生干了三件很有作为的事情,因而使其声名大噪。

一是出面担保,营救刘志丹。

1931 年 5 月,刘志丹率领刚刚组建不久的红军游击队,来到旬邑县职田镇打土豪、分田地,扩展革命势力,连彬县龙高一带都"闹红"了。这件事震动了国民党省党部,他们下令驻彬县的骑兵警备旅长苏雨生率部"围歼"刘志丹。刘志丹得知后,只身来到了设在彬县城隍庙的苏雨生旅部,在彬县县城被捕入狱。国民党省政府高级参议、民主进步人士杜斌丞先生得知后,便以检阅苏雨生部为名,专程赶到彬县看望刘志丹,并采取保释的办法营救。当时,作为地方绅士的豆英伯,任彬县公益局长,他也联名出面担保,才将刘志丹释放。豆英伯后来回忆说,他以保人身份去狱中探望刘志丹时,发现这位年轻的共产党人,虽受监禁之苦,但仍英气勃勃,充满乐观精神,一再对他说:"我们是会胜利的!"并动员他投奔革命。

二是变卖家产,支援习仲勋。

1930 年初,习仲勋为搞兵运工作,来到长武县亭口小镇。在亭口北街王志轩的饭馆做帮工。他一面在饭馆做工,一面了解国民党军备情况,并和王志轩等人结为十分要好的朋友。1932 年 5 月,

"两当兵变"失败。这次兵变,是第二次国内革命战争期间,中国共产党领导下在西北地区发生的一次武装兵变,也是在甘肃发动最早的一次武装起义。兵变于4月由中共陕西省委指挥,许天洁、刘林圃、习仲勋等人在甘肃陇南市两当县发动。兵变失败后,习仲勋因长途跋涉身患重病,再次来到长武亭口的王志轩家里养伤。8月份,习仲勋的健康状况好转,决定北上寻找刘志丹。临行时,几个朋友变卖家产,为他筹集了二百多块银圆。此时,豆英伯也积极帮忙,他将自家的三间房的饭馆和几亩地卖掉,为习仲勋筹集了一些经费。

三是主持公道,分开两乡镇。

上世纪30年代,彬县的义门、南玉子,都归民国时期的北极管辖,前期叫联保,后来叫乡公所,是个大乡。那时乡公所在北极镇南门城楼上,乡公所的工作人员,大都是北极人。每年的摊粮派款支公差等事,分配任务时,义门和南玉子就分配的任务重,北极的相对较轻。那年月,这些事,大都由农村的财东家承担。豆英伯家里属于富户,当然各种差派任务也就很重。他觉得这样不公平,就于1938年,联合义门、南玉子的财东人家,向县府和省府写信,要求分乡,并从实际行动上进行反抗,拒绝缴纳各种摊派。国民党省政府批准了他们的请求,将北极划分为北极和义门两乡。在乡公所的财产分割时,北极的曹明新、曹明刚、景双虎等,都是财势强壮的能成人,为分财产打架斗殴。豆英伯的一条腿也被打断,但他还是不屈不挠,气势威武,比较公正地争取到了应分的财产。因此,他也担任了第一任义门乡公所的乡长。

# "胡大人"其人其事

民国年间,长武县进贤区(今相公乡胡家河村)出了个乡贤义士,人称"胡大人",因和彬县紧邻,他的许多逸闻趣事也在北极塬广为流传。

胡大人真名叫胡蕴章,生于 1882 年,其实他的个头有点矮小,身材却很壮实,紫红脸膛,络腮胡须,长发散披肩头,好吸旱烟,烟锅从不离手。人们之所以叫他"胡大人",一方面,是因为其个头小被人戏称大人。另一方面,他虽目不识丁,却有胆识,不畏权势,敢作敢为,乐于助人,好为乡亲排难解纷,深受人们的爱戴,而乡民亲切地称其为"胡大人"。

传说,他小时候父亲就去世了,他和母亲相依为命,靠家里仅有的二亩薄田维持生计。胡家河村有一户大财主,家业大人口多,每年春秋播种犁地时,下地的牲口就有近二十套左右。他家财势大,人也就非常霸道。犁地时将自家的地犁完后,还要捎带将紧邻人家的地也犁上几回。这样,其他人的地就成了他家的了,村民们畏于其势力,都是敢怒而不敢言。胡大人 12 岁那年,他家仅有的二亩地就被财主家将一亩犁了过去。一个 12 岁的孩子就对此十分气愤,跑到县衙告状。县官一方面,是畏惧财主家的势力,一方面,看见一个毛孩子告状,就不予理睬。于是,他又鼓动村上的其他村民,自己出面跑到西安,到省府告状。经过多次折腾,还把官司给打赢了。不但把他家的地争回来,还把全村人的地畔都给划清了。此举让村民们刮目相看，"胡大人"雅号一下子就传开了。

民国初年，彬（县）长（武）一带旱象严重，胡大人眼看渠水白流，庄稼歉收，就萌发出挖渠引水的念头。民国六年（1917），他开始谋划在贺峪沟筑坝，劈山凿渠，兴修水利，将鸦儿沟的自流水引入胡家河滩浇灌土地。

为此，他爬沟溜渠，实地勘察，进沟步长度，测高低，土法进行规划。第二年（1918）春上，他恳劝管家的叔父拿出积蓄的银圆200个。他就和儿子、儿媳、女婿、外甥自带干粮，住在南村沟开工修渠，雇工修筑土坝。因人力和财力所限，干了两年，工程仅完成1/3，而开支花费3213串860文铜钱。中途又因邻村阻挠，打起官司，地方政府却坐视不理。到民国九、十年间，只得暂时停工。民国十一年（1922）七月，他央人具写申请，徒步赴省求援。途中干粮吃完，盘费用尽，困于咸阳。白天就在渭河渡口背旅客上下船，靠出卖苦力挣点零花钱，晚上露宿屋檐台阶。挣扎到西安后，面见省水利局长郭希仁。他兴修水利的壮举和诚心感动了水利局官员，表示支持并派员实地考察指导，拨给银洋1000元。还加委胡蕴章为省水利委员、鸦儿沟水利协会会长。长武县政府这才开始重视，地方乡绅亦起而赞助，村民由怀疑阻拦到热心支持，捐钱500串，使工程进度加快。民国十二年（1923），彬县专署、长武县政府拨银洋600元。胡蕴章在受益区派工征料，雇请工匠，带领乡民日夜突击施工。六月，终于使水渠、土坝基本竣工。总投工21978个，用款七千七百余串。其中，胡蕴章自筹银500两钱400串。修渠长20华里，可灌溉滩地360亩。

为广施仁义和感激郭希仁的支持，胡大人将新修的水渠命名为"广仁渠"。八月份试水之日，演戏庆贺，围观者超过千人。从此，胡家河滩地变成水浇田，旱涝保收，以盛产粮食和线麻、芦苇而闻名。民国十三年（1924），又延伸修渠二里，扩灌180亩。渠旁植树两万株。当年9月20日，陕西省长刘镇华对修建广仁渠有功者传令嘉奖。授予胡蕴章二等金色单犀河务奖章。郭希仁还以照片相赠,以示推崇。

广仁渠修成后,胡大人继续以兴修水利为己任,为长武发展灌溉事业操劳奔忙,直至晚年仍不遗余力。他先后督工监修县境域内的骑马沟忠惠渠、柳家河孝惠渠、亭南田家沟和磨子河渠(未成)等。

胡大人虽然为一介布衣,却极有远见卓识,他意识到发展农业,除兴修水利之外,还得推广实业教育,培养技术人才,才是振国救民的根本大计。民国十九年(1930),他又倡导创办实业学校于南村沟广仁渠畔,命名为"私立广仁小学"。就近招收学生,免收学费,由他的大儿子义务任教。此举得到著名水利专家李仪祉的赏识称赞。民国三十四年(1945),又增建校舍十余间,筹划成立农职中学。他四处奔波,广求师资。虽未能如愿,但私立广仁小学一直延续开办,学农结合,堪称先例。

民国三十七年(1948)三月,胡蕴章胡大人因病逝世,终年67岁。葬于广仁渠畔。县立初级中学校长朱伯荣撰写墓志铭,以昭其绩:

先生姓胡氏,讳蕴章,字仁甫,世居陕西长武县北之胡家河。大伯父讳明臣,尝率众拒叛回,以豪侠闻。你讳永沣,以孝友称于乡里。母张孺人,生先生兄弟二人,先生次居长。先生身不满五尺,貌甚寝,而至性过人,纯孝无违。未尝读书,而明达有远识,不随俗转移。盖其祖若父,世有隐德,故得天独厚也。胡家河位于泾河之滨,土地碗瘠无良田。民国初连年亢旱,民不聊生。先生乃相度鸦儿沟形势,计划由贺峪筑坝,凿渠引水行半山间,以资灌溉。苦身焦思,栉风沐雨,胼手胝足,倾产毁家。历时五载,至民国十二年而广仁渠大功告成,村民利赖。渠长约二十里,可灌田五百亩。旁可植杨柳两万株,其利可谓溥矣!长武多利用高原旱田,而先生独利用沟渠兴水利,以是名闻遐迩。迭蒙水利当局奖励,加委为陕西长武县鸦儿沟广仁渠水利协会会长。先生弗自矜伐,益致力于农田水利，又先后督修骑马沟忠惠渠、柳家河孝惠渠。长武僻处西北，农业向不发达。先生乃于民国十九年创办实业学校于广仁渠畔。民国三十四年，又以实业学校规模狭小，乃增建校舍十余间。筹划成立农职中学，为发展西北农业计。不幸积劳成疾，赍志以终。悲夫！先生性刚直，不畏权势，自奉俭约，而乐善好施，愈喜急人之急。宗族中，贫无以生者，皆收养之；邻里中，力不能婚娶者，皆资助之。盖孔子所谓博施济众者，先生足以当之而无愧矣。先生配曹孺人，生子二，重华、重光，能世其家。孙二人，忠厚、德厚，均尚幼。先生生于光绪八年十一月二十八日，卒于民国三十七年三月二十五日。享年六旬有七。即以是年四月二十七日，葬于广仁渠畔之新阡。吁可悲也矣！铭曰：

先生出身，一介乡农。先生事业，彪炳关中。昔胡家河，东濒于泾。时苦亢旱，民不聊生。孰救济之？曰唯先生。广仁水利，宗法荆公。昔我长武，职教未兴。墨守旧法，农产不丰。孰提倡之？亦唯先生。实业教育，比踪南通。猗嗟先生，惟法之经。济人利物，慎始克终。笃行实践，百世可风。后之来者，请视斯铭。


县立初级中学校长愚弟朱伯荣鞠躬敬撰
县立第一高级小学毕业现任国民学校校长杨自亿鞠躬敬书
中华民国三十七年三月二十九日勒

# "王结子"的一生

王结子真名叫王振邦,乾县乾陵乡人,是民国期间著名的土匪头子,他的一生可谓有着传奇色彩。

王结子生于 1904 年,小名财娃。他生性强悍,脾气暴躁。儿时和小朋友们玩耍,稍不顺心,便拳脚相加,常常打得别的小孩鼻青眼肿。如和人对骂起来,则气得瞪眼结舌,半晌说不出一句话来,所以人称"王结子"。王结子自幼家境贫寒,上无片瓦,下无寸土,借居别人两孔破窑洞,靠父亲打短工维持一家生计。为生活所迫,母亲不得不领着他和年幼的弟弟沿门乞讨,常常遭人辱贱。幼年的王结子在心灵深处埋下了对社会、对富人仇恨的种子,渐渐养成一种报复心理。15 岁时迫于生计,王结子离开父母给人当长工,他不甘于过这出卖劳力的雇工生活,不愿任人驱使,常常顶撞主人,后来索性逃出主家浪迹江湖。

由于王结子生性聪颖,行动又很敏捷,23 岁时,乾县公安局将他录用。他的枪法极好,每每剿匪,都冲锋在前,因而局长很器重他。但是,王结子却禁不住诱惑,一边剿匪,一边收受土匪的贿赂,还与其暗中勾结,搅扰剿匪行动,被公安局发现,决定予以严惩。他却先下手为强,于 1929 年偷了公安局的手枪和弹药,投奔督管乾县、醴泉(今礼泉)、永寿三县的军阀张西坤,被张封为卫队营营长。王上任后又将他的卫队营装备良好,一色手枪,几次在与别的军阀作战中连打胜仗,因而实力不断壮大,大有与张西坤分庭抗礼之势。其间,王结子曾被醴泉县长许鸿章收买,以"清乡队长"的名义,于1930年5月9日,带领三十多名匪徒,在醴泉县南端的纪村附近残酷杀害了中共醴泉县委书记兼游击支队队长秋步月。张西坤看到王结子的势力不断强大,也深知他的为人,就来了个先发制人。1930年5月,派兵偷袭驻扎在乾县城内的王结子时却扑了空。从此,王结子便离开张西坤,投奔了凤翔的土匪刘德财。

王结子在凤翔刘德财的麾下混了两年后,认为自己可以独树一帜,就脱离了刘德财,带领亲信杨号魁及卫兵张彦彪、李金良等人回到乾县城北的乾陵一带招兵买马,占山为寇。当时铁佛寺一带的土匪段老五得知王振邦在自己门口拉山头,认为此人不除,必为后患,遂表面与其结拜兄弟,封为副总领,暗中等待时机,准备下手。不料王结子比段老五还鬼,早有戒备,不等段老五下手,就动手杀了段老五,抢走其枪支弹药,收编了其手下大部土匪,自己做了匪首。

从此后,王结子越发不可一世,四处打家劫舍。当时正值关中连年大旱,好些饥民也到他那儿入伙,没多久,匪众便扩充到一千余人。他将其编成30个队,每队30到50人,各队设有队长,自己仍称营长,徒众遍及全县四镇八乡,烧杀抢掠,无恶不作。随着他的势力膨胀,竟然肆无忌惮,甚至控制了西兰公路,把国民党政府也不放在眼里。到处拦路抢劫,杀人越货,不但抢劫普通商旅,连国民党政府的运输物资车辆也不放过。

就连共产党人的革命组织,也遭受到了王结子匪帮的危害。

两当起义,又称两当兵变,是1932年4月由中共陕西省委在甘肃省两当县直接领导和发动的一次较大规模的军事暴动。值得一提的是,1932年4月2日零点,一声清脆的枪声,划破了两当山城的夜空后,"两当兵变"开始。三个连的二百多名起义士兵在共产党人习仲勋、许天浩和陕西省委特派员刘林圃等人的组织领导下,枪毙了三个反动连长,将部队拉出县城。起义成功后,总指挥刘林圃号召大家说:"我们起义是为了会合刘志丹的部队当红军去,大家愿意不愿意?"战士们发出呼声,一致高喊"愿意!"随之,部队连夜沿两当河北上,急行军70华里,第二天早上9时左右在太阳寺营党委正式宣布部队改编为中国工农红军陕甘游击队第五支队。选举许天浩任支队长,习仲勋任政委。当日下午,部队继续北上,一路且战且走,经常昼夜不得休息,给养发生困难。指挥部针对这种情况,在崔木开会决定:派刘林圃、吕剑人往乾县联系,准备把部队拉到乾县休整。并派习仲勋、左文辉去侦察西兰公路是否有敌人把守。部队由许天浩、李特生带到永寿县的岳御寺驻扎,等待这两处侦察人员回来再行动。谁知部队带到岳御寺,正撞进大土匪王结子的巢穴。第二天上午10时左右,被王结子的大部队包围。许天浩立即集合部队,占领北面一个山岭阵地,抗击敌人。由于敌众我寡,伤亡严重,原计划同刘志丹率领的陕北红军会师的目的未能实现。

1933年2月的一天清晨,王结子带领匪徒来到黄隆村。按往常,王结子每到之处,都要群众开门相迎,且备酒接风,不得怠慢。但黄隆村却不然,这儿三面环沟,一面筑有城墙。村民素知王结子部队无恶不作,因而拒绝他们入城。王结子派手下一个队长让农民开门"迎客",话音未了便被农民打死在城下。这下可气恼了王结子。王结子火冒三丈,命令手下:"不……捣捣捣平……黄……隆村……誓誓誓……不……罢……休!"于是,率领匪徒强攻城门。双方激战了一天,直到深夜,土匪用火烧毁城门,冲进了村子。除越沟逃走的青壮年外,全村的老弱病残惨遭杀戮,整个村寨被洗劫一空。

王结子盘踞乾州,声震关中,烧杀抢掠,无恶不作。1933年3月,一名瑞士外交官乘小车途经乾县境内,遭受王结子部下的拦截。王结子命匪徒抢走了车上的财物,并掠走了外交官夫人。此事整大了,瑞士政府向国民党政府提出交涉,蒋介石大为光火,立即电令杨虎城将王振邦(结子)缉捕归案,严惩不贷。于是,杨虎城才下决心增派陆军第十七师四十九旅九十八团团长王劲哉(毅武)

率部前去剿匪。经过几番激战,终于在洞子沟西将巨匪王结子活捉,随后押解西安执行枪决。《陆军第十七师四十九旅九月份十八团团长王劲哉暨全体官兵剿匪纪念碑碑文》讲述:

王匪结子,历年以来,啸聚丑类,负梁山以为隅,凭漠谷而自固,烧杀掳掠,无所不为。绥靖主任杨(虎城)赫然思怒,念此獠不灭,不但一方百姓不能安枕,且西北交通有断绝之虞。奈历年以来,愈剿愈滋,终鲜效果。王团长劲哉果能拯乾民于水火,而登诸衽席也。

# 路遇劫匪遭横祸

这是发生在上世纪40年代中期的一件往事。

秋播时节,农民们忙着播种。清早起床后,彬县北极塬某村的吴升老汉吆着牲口去耕种自己家的麦地。他耕地的同时,和他家地畔紧挨着的吴东牛老汉也在耕地。两位老汉耕到地畔的时候,大概已经上午十点多了。吴升感到吴东牛的犁头把自己的地剐过去两犁,而吴东牛却说吴升将他的地畔耕过去了。两人为此争吵起来,吵着吵着,架不住火气,竟然厮打起来,被过路的人拉开了。两人都气得直喘粗气,不欢而散。

吴升老汉在泾河川道的一个村里还有几棵枣树,种着一亩多苜蓿地。傍晚时分,他去泾河川道,在那里搭建的简易草房里住了一晚。等待第二天天麻明时,挑了在河滩积攒下的一担土粪,打算担上塬施到自家的麦地里。当他走到半山坡一个拐弯处时,碰到一个让人毛骨悚然的场面——

四五个土匪正围在一起分抢劫下的财物。吴升老汉心想坏了。他清楚地知道土匪行当里的行规是一旦分赃时被人发现,这人就活不成了,他们怕你走漏风声,必须将碰见的人杀了,以便斩草除根。就在他想躲之时,土匪们也发现了他。他们将他围住了,已经有一个土匪用刀子向他刺来。这时,猛然有人将杀他的土匪拦住了。等他静下神来,才发现拦挡的人是他的亲侄子。他倒吸了一口冷气,原来他的侄子也是个土匪,他却压根儿不知道。也就是在这刹那间，吴升老汉明白了，他看见了自己的生路，赶忙跪了下来，苦苦求情。向几位土匪发死誓保证：自己绝不走漏半点风声，求几位开恩，放自己一条生路。他的侄儿也向土匪头目求情说这是他的亲伯父，让放了吴升老汉，自己为伯父担保，他不会走漏弟兄们的行踪。于是，土匪们就网开一面，放了吴升老汉。他吓得出了一身冷汗，颤抖着身子担上那担粪回家了。

早上，吴升老汉照旧去耕自家的地，他的侄儿也耕地，准备种麦，好像任何事情都没有发生。

中午，吴升老汉去赶集。结果听到赶集的人们议论纷纷。终于他听出了事情的原委：原来头一天晚上，土匪们把河滩某一个村的一家财主抢劫了。他们抢劫时，非常残忍。抢劫钱财事小，还把东家杀害后，用煤油点着烧了尸体。吴升老汉听到这一消息后，不由感到震惊，因为被杀害的这个人原来是他们亲表兄。从集上回家后，吴升老汉将侄儿叫到家里，借没人的时机骂了几句：你当土匪本身就很可怕，更可怕的是你怎么连你的亲表叔都杀害了，竟然那么残忍呢？

这天晚上，吴升老汉被人杀害了。

出了人命案件后，家属就报了官。当时的国民党县公安机关到村上来破案。警官们寻找案件线索，寻找知情者了解情况，打问死者吴升生前都和哪些人有仇有怨。排查来排查去，吴升老汉生前人缘很好，和街坊邻居几乎连句高话都没有说过。唯一的就是在临死的前一天因地畔和吴东牛打架了。于是吴东牛就成了重大的嫌疑犯，被国民党公安机关逮捕了。

吴东牛的儿子在县城上中学，听到父亲因杀人被逮捕了。他不相信自己的父亲能杀人，但一个普通的学生又没有什么办法，趁法院开庭审判的机会，他跑到法官眼前，抢走了案件的所有材料，法官们追赶时，就没有赶上。他一口气就跑了。

吴东牛的儿子幼稚地认为，抢走材料后，法官们就无法为父亲判刑。但他又不敢待在彬县，就跑到西安去了。在西安一家财东家里当相公(即今天的营业员)。

吴东牛被判处死刑,定于秋播结束后执行。

吴东牛的儿子到西安当了相公后,聪明伶俐,手勤脚快,深受这位财东的信任和喜爱,财东将其认作干儿子。后来在言谈中就问他年纪还小,为啥不上学读书而出门下苦力。吴东牛的儿子就将事情的原委告诉了他的干爸。孰料这位财东却有些来头,他是国民党的参议员。感觉此案里面还是有些问题,就在西安方面周旋,为其做了一定的工作,跑人情。接着,由上面插手,给吴东牛判处15年有期徒刑。吴东牛因为此事的打击过大,在监狱坐了一段时间后,竟然病死在里面了,这是后话。

就在此案发生的一年后,在县城泰山庙上,驻扎着国民党的一支突击队。队伍里当兵的,有不少人是彬县人。彬县北极塬有一个人是连长,某天突然患发摆子病,发烧害冷,住进了医院,由底店塬的一名士兵负责照顾。这天晚上,连长发烧昏迷之后,竟然自言自语,断断续续地说起他在某地杀害了某人,说得较为详细,侍候他的士兵也就听清了他说的这些话。

第二天,连长的病情转轻后,隐隐约约感觉自己昨晚好像说漏了嘴,说出不应该说的话,就提议要和这位士兵结拜成兄弟,并请这位士兵要为自己保守秘密。这位士兵为了能和连长套上近乎,很自然地答应了连长,既然成为兄弟,就一定为大哥官运亨通保住秘密,让它烂在肚子里。

几年过去了,相安无事。随着国民党的垮台,连长和士兵也都返回家乡当了农民。

中华人民共和国成立后,新的社会开始了。

上世纪50年代初,原来当兵的底店塬的这位士兵却犯法了,被关进了共产党的监狱。监狱的政策是"坦白从宽,抗拒从严",动员犯人主动坦白自己的罪行,特别鼓励犯人揭发原国民党时期的一些违法行为,只要能提供出有用的线索,就可以减轻刑罚。这位当年的国民党士兵,一方面,受政策的感召,一方面,也想为自己减刑,就将几年前他的连长大哥昏迷中说的事儿交代出来了。

原来,这位连长就是当年土匪伙里吴升老汉的那个侄儿。他为灭口而杀害了自己的伯父,却让吴东牛老汉为此背了黑锅、连性命都搭赔进去。当这一国民党时期的旧案,在共产党执政后破获后,杀人犯同样获得应有的刑罚,被判处死刑。然而,那位冤死狱中的吴东牛老汉却不可能复生啊!

一桩七十多年前的冤案,历经了国共两个时代,最终的结局是天网恢恢,疏而不漏,杀人者终于得到了惩治。此案给我们的启示就是,多行不义必自毙。对于那些作恶多端、恶贯满盈的罪恶分子来说,不是不报,时间未到。只要有劣迹,迟早都会受到法律制裁的。

# 两个弱智农民的开心快乐

做人,不论你是高官显贵,还是平民百姓,各人有各人的活法,各人也有各人的开心快乐。

在彬县北极塬,我们所知道的,有两个智力相对较弱的农民,他们的生活方式很简单,但却活得很坦然。

## 董牛的香甜

董牛大约有四十多岁,老家是甘肃正宁人。不知何时,一个人窜到彬县,在义门的一个村子里落了户。他在北极塬各村的影响还都不错,也算得上乡间的另类公众人物。

秋收时节,苹果熟了。张家一家人忙着在地里采摘果子,这活儿,有多少劳力都能用上,真希望有孙悟空的七十二变,变他几个劳力多好。摘下的苹果放下一笼又一笼,就是缺个人往地头上运。

凑巧,董牛来了。他热情地和主人打了个招呼后,就捞起水担,开始为主家挑苹果了,挑到地头后,又小心翼翼地堆放好。帮助主人整整干了一下午。收工后,主家请他喝了汤,然后再给了两个馒头。董牛乐呵呵地回去了。

王家的儿子要结婚了,前一天董牛就赶到王家,给请来的执客帮忙盘临时锅灶,搬桌椅,忙得不亦乐乎。

第二天是正事,他像其他客人一样,去收礼的桌前随礼十元。

然后自己坐到位置上吃早饭。吃毕之后,先去厨房,帮着给厨师提了两桶水,再去鼓乐队里,忙着给吹鼓手泡茶,将地摊上的火堆煨旺,自己寻着干这干那。应该补充的是,等中午礼簿桌前结账时,负责收礼的人会将他随礼的十元钱如数退还。

如果谁家抬埋老人,送葬时董牛还主动帮忙抬棺材,下葬后又和其他人一起去全墓。

过了几天,邻村的刘家盖新房,董牛又来了。他就帮上小工们和灰浆、搬砖、溜沙子。忙着忙着,路边玩耍的一个小孩子摔倒了,他也会跑上前去扶起来……

董牛有点弱智,自己不会经营自己的生活,不知道该如何春种秋收,如何赚钱糊口,总有点懵懵懂懂。但是,他却有的是力气和热情,知道去为其他人家无偿帮忙混口饭吃。他为别人付出的是奉献,别人给他的是一口饭或是一半件旧衣服。

因而,在北极塬上,几乎是谁家的大门朝哪里开的,住的方向,他都能说得来。也是在北极塬上,他是进千家门、吃千家饭,干千家活,角角落落都熟悉,村村户户都去过。北极塬上的人们,包括妇女儿童,都知道董牛其人。他在其他人的心目中,活得还真香甜。

董牛就这样过活着。从这里也可以看出,人只要勤快,也能赢得众人的看重。

## "全劳"的快乐

"全劳"姓杨,真名并不叫这,因为大家都这样称呼他,久而久之,真名倒让人给遗忘了。

"全劳"现在应有五十多岁了,一生打光棍。生来是个矮个子,虽是男儿,却只有一米四五高,是原南玉子乡一个山坡村子的人。在人民公社时,社员们一块儿参加集体生产劳动,按工分参加分配。一个劳力,从少年时期参加劳动的二三分工挣起,逐年增加。

到成年之后,男劳力就挣十分工,称为"全劳"。而"全劳"由于受个头的影响、加之力气有限,在农业社时,尽管他也是成人,却一直没有评上十分工,最多拿七分工,享受着一个妇女群众的最高工分值。所以,社员们就戏称他为"全劳"。

要说这"全劳",比董牛就强多了,他属于农村人说的半吊子人。智力和一般农民相比,要差远了。但是,知道自己种庄稼、务苹果树、也还养着猪。三、六、九不离集。每逢北极镇逢集的日子,都有他的身影。当然,他也有和董牛近似之处,就是谁家有个红白事的话,也喜欢给人家去帮帮小忙,然后蹭顿饭吃。

"全劳"的长处是嘴"甜",逢人不叫啥不搭话。见了年龄比他大的人,都叫叔,年龄和他差不多的都叫哥。凡是见了脱产干部都叫"叔"。知道姓名的就叫"张叔""王叔",不知道姓名的就统统叫"干部叔"。

"全劳"也常常是三纲五常、山高水长地从南说到北,都是听来的或者乱想的,没根没据。虽然他喜欢胡说浪谝,却不胡作非为。

# 一个罕见的懒汉

上世纪 80 年代初期,我在义门镇某村见过一个农民,此人可算得上个罕见的懒汉了。

此人叫蒙牛娃,他的父辈时家境殷实,却是三代单传。蒙牛娃的父亲得儿子时,已经四十多岁,接近老年得子。因而,就对儿子百般爱抚,娇惯成性,甚至到了饭来张口、衣来伸手的地步。父母几乎把家里所有的活都包揽了,啥活都不让儿子干。这个蒙牛娃也真是不经惯,父母爱他宠他,他也就顺着杆儿往上爬,越来越懒,懒到了让人无法想象的程度。

父母给他娶下第一房媳妇时,蒙牛娃的懒还有个样样,只是不干活而已,整天游手好闲,无所事事罢了。第一房媳妇看不惯他的这种架势,结婚不久就弃他而走。

离异之后,蒙牛娃并没有因此反思,他的懒却发展到有过之而无不及。从游手好闲转变到吃了睡睡了吃,整天睡在炕上不动弹了。他的懒在方圆附近名声大振,也没有人敢把女儿嫁给他为妻了。苦心的父亲就托人帮忙,为他找来一位甘州客女人为妻。第二房妻子进门后,先后为他生了两个儿子。慢慢地,父母的年事已高,干活力不从心。而他的懒不断升级,发展到了整天整夜睡在被窝里面不出世。每天除过大便不得不上茅房外,小便时竟然站在炕上,从窗口往外撒尿,尿毕后重新睡下。久而久之,妻子实在忍受不了丈夫的这种懒惰了,有天早上,就带着两个儿子走了。

邻居有人看见蒙牛娃的妻子走了，就跑去告诉他。他还在被窝里蜷缩着，这才穿上衣服去追赶。

妻子看见丈夫来追自己，就将早已准备好的核桃扔了几个。蒙牛娃看见地上的核桃，就蹴下去捡，捡完后再去追赶。妻子就继续扔，他接着捡。到了泾河岸边，妻子和儿子抢着登上了第一船。他继续捡他的核桃。等他登上第二船，过河后早已不见妻子的踪影了。

蒙牛娃家里只有一孔窑洞，他长期睡在里面。父亲到老也无法容忍他的懒惰，就住在了生产队的饲养室里。妻子走后，蒙牛娃没靠头了，只好自己凑合着做饭，生一顿熟一顿地胡乱做点吃，有时候就到邻居家讨口饭吃。但是一直没有干过活。他只要碰见一个脱产干部，不论年龄大小，都习惯叫"干部叔"，下一句就是："照顾粮和照顾款啥时来，快给我照顾些！"

蒙牛娃的生活就是那样简单。他父亲去世后，是生产大队看着安葬的。蒙牛娃的生活来源主要依靠社会照顾、邻居帮扶，讨吃讨要。上世纪90年代死亡后，也是街坊邻居帮着草草埋葬了事。这位懒汉就是这样结束了自己的一生。

俗话说："人过一百，形形色色"。本来，人有勤懒之分，也是正常现象和客观存在。但是一个人懒惰到蒙牛娃这样的地步，确实是少见的。

# 一个傻女婿的笑话

这是在我们这里民间流传的一个笑话。

说的是有一户人家,将女儿许配给了一个富户人家。当时只瞅了人家过活的富有,就忽视了女婿娃的情况。结婚之后,女儿回娘家告诉父母,女婿是个傻瓜,提出要离婚。父母觉得不妥,不允许女儿离婚。女儿没有办法,一般情况下回娘家时,就自己一个人去,不带女婿。

有一次丈母娘家里有事,女儿回娘家时,傻女婿非得跟上去。妻子拦挡不住,就告诉他去了后啥话都不许说,傻女婿就答应了。

到了老丈人家里后,院里跑着一头小牛犊。傻女婿就问丈母娘:小牛是怎么来的?

丈母娘回答:小牛是大牛生下的。

这时,傻女婿看见院子里长着一棵小树,还有一棵大树,就说:我知道了,这小树也是大树生下的。

丈母娘纠正说:不对,小树长大了就成了大树。

晌午,丈母娘在灶房里做饭时,猫着腰用铁勺炒葱花。傻女婿又指着铁勺问:这叫啥。

丈母娘回答说:这叫铁勺。

傻女婿接着话茬又说:铁勺长大了就长成铁锅。

丈母娘见这女婿傻得实实的,又好气又发笑。一不小心放了一个响屁。

傻女婿听见丈母娘放屁,又说:屁长大了就长成呼隆爷(响雷声)了。

这一次丢了人,媳妇回去后就不让傻女婿再跟她回娘家了。两年后,老丈人得下一个宝贝孙儿。过满月那天,傻女婿无论如何都要去。这次,媳妇让他去了一句话都别说了,他就答应了,跟上媳妇再次回了丈人家。

这一天,傻女婿的表现确实不错,一句话都没说。下午宴席结束后,他和媳妇准备回自己家里时,丈母娘就将他俩送出大门。傻女婿终于憋不住气了,就对丈母娘说:"姨,我今啥话都没说,万一你孙子死了,你可别怪我!"

我们这里流传的傻女婿这则故事比较俗气,不妨再说一个广为流传又比较文雅的——

从前有个傻女婿。

有一天他岳父要来他家时,父亲刚好要出远门,实在不放心,所以就教他,如果你岳父问你:这些院子的牛马是怎么照顾的,长得这么好。你就说:小小畜生,何必介意!

如果他问你:家中事业是谁在管理的?你就说:小婿无能,父亲掌管!

如果问起墙上那幅画,就说:这是唐伯虎名画。

父亲还叫他复述一遍后,才放心离开。

傻女婿的岳父来了,一见他就问:你父亲呢?

他回答:小小畜生何必介意!

他岳父一听,心想不对,又问:那我女儿呢?

他又回答:小婿无能,父亲掌管。

他岳父一听,大为生气,便呵斥道:你说的是啥话?

傻女婿一听十分高兴,很有自信地说:这是唐伯虎名画!

多少年来,傻女婿的故事一直在各地民间广泛流传,各种版本的故事层出不穷。其传播时间之久,流传范围之大,影响力之广,给民众生活带来无穷乐趣,在嬉笑怒骂中讲述老百姓自己身边的故事,它通过傻女婿故事描写傻女婿、傻姑爷的一系列"傻、呆、蠢"行为,在众人的捧腹大笑中达到某种讽刺或隐喻的效果。听来有趣,听后不妨深思一下,每个故事的背后,都有一种讽喻的作用在内。

# 祸不单行一例

农村有句老话说:"福无双至,祸不单行。"现实生活里,确有其事。上世纪 70 年代末期,彬县南玉子公社川道某一个村子一家人的遭遇,就足以验证此话。

某村有一对年过七旬的老人,原来生育了两个女儿,都嫁出了门,直到 50 岁时才得了一个儿子,长得很可爱,就为他取名高民。苦苦等了 20 年,终于盼到了结婚年龄,老两口热心张罗,准备当年要为儿子办婚事。

这个高民,20 岁时聪明伶俐、人也长得十分精干。这年被队上选为出纳员。

秋季多雨,种麦的时节,连着下了几天雨,种不成麦子。队里就决定,借这个机会,让会计、出纳和保管员三个人在一起做账。高民吃过早饭后,就去会计家里准备做账。在一个下坡处,不小心在刚下过雨的泥泞路上摔倒了,这下子就把麻烦摔下了,将腿上的神经线摔断了,下身失去了知觉。当时,生产队将其送往县医院治疗,条件不行,又转往咸阳、西安等地的医院医治,最终瘫痪。好好一个小伙子,立马成了半身不遂。躺在炕上再也不能动弹了。

高民病倒后,年迈的父母吃水的问题就解决不了。当时所幸还是农业社,生产队里派劳力每两天给他家担一担水。

1978 年的三四月,高民的父亲也瘫痪了。家里只有三口人,两人就瘫痪在炕上,靠年迈的母亲来伺候。本来正在筹备嫁妆的女方,看见高民家一下出了两个残疾人,死活都不答应这门婚事了,就托媒人把婚退了。

收麦前夕,高民瘫痪的父亲去世了。当时,全村人张罗着安葬这位苦命的老头。考虑到他家的现状,村上凑合着,仅仅几十个人张罗着过事。早饭吃的是高粱面"钢丝"饸饹,以便招呼亲友。午饭给凑合了九个菜,白菜、萝卜,多用重样菜充数。中午安席时,刚把娘外家安排坐好后,负责执事的人准备让开席。谁也没有想到又出了一桩邪事……

原来,这高民家的院子正面有三孔窑洞,两孔好着,他和父母各住一孔。另一孔是个开口窑。过事的这天,就将做菜用的临时炉灶盘在开口窑的窑口。就在这当儿,开口窑的窑顶塌下来斗大的一块土疙瘩。端不端就掉在了厨子做菜的锅里,将锅砸了个大窟窿,炉灶也砸倒了,所幸没有伤到人。做下仅有的那些饭菜,被砸得一塌糊涂。这顿饭谁也没有吃得成,就这样散伙了。

第二年,高民的母亲双目失明,也瘫痪了。娘儿俩睡在了一盘炕上。生产队又只好给雇用了一位女社员,给她记工分,让她抽空伺候这母子二人。

有一天,雇用的这位妇女娘家有事,去后需要三四天时间。临走时,她烙下够娘儿俩吃几天的锅盔馍,放在炕上,让他们娘儿俩能够得上,还给放了足够喝的水才跟事去了。

几天后,等这位妇女回来后,跑去看时,高民的母亲已经去世了。老鼠连她的眼睛都挖走了。高民说,他看见老鼠挖母亲的眼睛,就试探着用手去打。可是够不着,老鼠根本不怕他。

生产队又只好草草埋葬了这位老太婆。

父母双亡后,可能高民没有精神支柱了,时间不长,这位年仅二十二三的小伙子也亡故了。

# 娇生惯养成祸害

这是一个听来的故事,也许是其他人为了教育年轻人而编撰的吧。

说的是某乡镇有一名国家公职人员,姓王,上世纪五十年代就参加工作,时间不长,就在一基层供销社担任主任。王主任一生养育了四个孩子,前三个都是女孩儿,一门心思要个男孩儿。直到上个世纪80年代初,终于盼到妻子第四胎生育了一个男孩儿。他退休时,儿子只有七八岁,就由老三女儿顶替父亲,也进入基层供销社工作。

王主任一生在供销部门担任领导,加之自己会料理家务,上世纪80年代,在普通农民还都居住窑洞的时候,他就在塬面平地里盖起一座一砖到顶的五间大瓦房,且大房的房梁、檩条全是松木的。还在上房的边上盖起一座三间的偏房。这在农村就算得上是富有的标志了。

王主任家属子女在农村,属于人们过去说的"一头沉"干部。因为经商,他又颇具商人的气质和过日子的本领。平时生活节俭,在外认真工作,回家后勤奋务农,家境十分殷实。家里积攒下三十余石麦子。在其他人步行走路时,他骑的是飞鸽牌自行车;当其他人普及自行车的时候,他已经骑上了摩托车;其他家庭普及黑白电视时,他已经购买下大彩电。

但是,王主任近老年才得子,对儿子的溺爱却是有些过分。儿子小的时候，只要家里买下好吃的食物，不论多少，都全部留给儿子吃，几个女儿却沾不上边。老两口儿更是舍不得吃。儿子上学之后，尽管在家门口，但每天早上要么他亲自送到学校，要么让老伴去送。

父母的过度溺爱，使儿子变得为所欲为，后来发展到儿子要脚父母不敢给手的地步。由于家庭环境很优越，王主任的儿子上学也不思上进，经常逃学，动不动就背上书包私自去玩耍。王主任又舍不得批评和教育，每每儿子逃学后都是哄着劝导他，还要看着儿子的脸色说话。慢慢地，儿子就把他不当一回事了。

王主任的儿子上初中后，到学校去了几天后，实在不愿意上学了，就彻底不去了。王主任气得直冒火，又拿儿子没有办法。开始，儿子出门后三五天回来一次，过了一段，一月、两月回来一次，发展到三四个月不回家。回家后，除过给父母要钱外，再无他事。王主任老两口儿整天四处寻儿，却找不见儿子的踪影。

这个娇生惯养的儿子，在外面主要是打麻将、赌博甚至骗人。他经年累月不回家，回家之后，就向母亲要钱，要不下时就捞起棍棒打母亲。母亲让他打得害怕了，只要发现儿子偶尔回家时，就偷偷地溜跑了。但多数时间还是被儿子截在家里，把家里的钱几乎要光了。母亲没钱给他了，他就逼着问母亲，父亲干了一辈子工作，都把钱干啥用了？他要钱时为啥就没有了。母亲就这样被儿子折磨得病痛交加，刚过60岁后就去世了。

老伴病故后，王主任很伤感。可是儿子已经长成了膀大腰圆的大小伙，他看见后都望而生畏。儿子偶尔回家又转向父亲要钱，给了就好，不给就打。老汉退休后，工资变成了银行卡。后来，儿子索性就把父亲的工资卡拿走了。就这，还不放过父亲，动不动回家要钱。失去老伴，王主任生活上没有依靠了，失去工资卡，他自己连花的钱也没有了，只能偶尔靠几个女儿接济给点零花钱，往往被回来的儿子洗劫一空。王主任吓得也不敢在家里停了。

后来，儿子在外边赌博输了数万元，就将自己家的房屋和家具变卖给了赌友。一天,王主任在外边转悠时,村上的一位邻居告诉他,一伙人正拆他家的房子。王主任闻讯大惊,赶回家时,人家开着车已经把家具装好了,房也已经拆了。儿子正和那伙人一起忙碌着。老汉问明情况后,一口气没有回转过来,就这样气疯了。哭着喊着:"别拆我的房,别拆我的房……"

从此,王主任整天疯疯癫癫地随处流浪。两年后的一个冬天,冻死在附近的大路上。他的儿子到底去哪里了,谁也不知道。家门邻里的叔伯兄弟和侄儿们将他埋葬了。

一个原本幸福富裕的家庭,因为娇惯儿子,竟然落得如此结局,这确实是一个悲剧。对于其他人来说,亦应从中引以为戒啊!

# 一个歪人的威严

　　旧社会,彬县南玉子泾河川道的一个村子,有一个颇有声望的大财主,是当地的能人,也就是农村人称呼的"歪人"。他姓王。

　　老王的个性是仗义执言,喜欢打抱不平。他信守的人生信条是:好人护三村,好狗护三家。比方,有外姓人欺负他们王姓的某家人时,他绝对会出面保护,如果有外村人欺负本村的人时,他也不会放手,就连相邻的村上谁家有困难时都乐于帮助。因而,威信很高。他的生性也很暴烈。

　　老王有一远方的侄女出嫁到北极的一个大户人家。他侄女和丈夫打架后,回到娘家,多日不回,婆家也不闻不问。老王打问清责任不在侄女而在男方后,就带了二十多个人到北极去找婆家算账。

　　他侄女的婆家也是个大财主,雇有两个彪形大汉的伙计。婆家人听到老王等人要来算账的消息后,就将大门关紧,他们赶到后进不去。老王就用随手拿的刀子将门闩透开。他没有料到的是,在他透开门的刹那间,一大个伙计一棍就砸在了他的右腿上,当下给打断了。看到老王负伤,同去的其他人也就无心恋战,将他抬回家。

　　老王在炕上躺了百天有余,伤好后下地走路时,发现自己成了拐子,走起路来一脚高一脚低。他当即自己动手又将腿砸坏,让接骨的医生重新接好。再在炕上睡了百天有余,再度伤愈后走起路来不再拐了。这一举动,迅速在北极塬上传开了。

时隔一年后的一天,老王去长武的亭口镇赶集。在泾河边上渡船时,碰见了一个人高马大的青年人也去赶集。端详了一会儿,老王认出了这就是砸断他腿的那个伙计。就用手拍了拍他的肩膀说:"小伙子,我寻了你好长时间没找见,今天碰上了。我会让你还我这条腿的!"

那小伙子也认出了老王,吓得当场就给他跪下求饶。老王再也一句话都没说,也没再瞅这小伙儿一眼。

这个伙计回家后吓成了病,第三天就死了。

# 后　记

　　年难留，时易损，转瞬之间，《华一履痕》一书问世已经一年多了。即将问世的这本小册子，是我们俩合作的第二本书。

　　这本书，在去年秋天里孕育，在今年桃花盛开的春天里催生。作为作者，总想将自己的初衷告诉读者。对于我们这些已过知天命之年、开始向花甲奔跑的人来说，已经历了诸多的风风雨雨，也曾经看见过美丽的彩虹。人生的难易，岁月的苦甜，各种味道都已饱尝。总有一些经验和不少的教训，值得总结。还有，整天接触自己的子女和其他年轻的朋友交流时，听到他们不少新潮的观点、怪异的见解。有的确实很新颖，有的毕竟给人有涉世不深之感，觉得有必要帮助其进行校正。引导年轻人树立正确的人生观，以便使他们在自己人生的跑道上少走弯路，在自己的身上凝聚更多的正能量，是我们这一代人义不容辞的社会责任。终有一天，我们想到，如果将自己的阅世感想，对人生一些问题的认识整理成文，付梓出版，或许对年轻的朋友们有所借鉴。于是，我们俩潜心合作，共同探讨，在短期内编写出了这本约六十余篇短文、十余万字的小册子。在编写的过程中，为增强这些短文的可读性和趣味性，也引用了几条网络上流行的段子，借鉴了其他人的劳动成果，故对那些不知姓名的网友表示致谢。

　　本书在出版时得到了陕西出版传媒集团股份有限公司党委副书记、纪委书记、工会主席杨占峰先生、太白文艺出版社社长党靖先生、太白文艺出版社编审、责任编辑曹彦及编辑李玫等人的鼎力相助，还有彬县总工会副主席王君安、李园丽及李建盈等人的热心支持，在此一并表示感谢！

由于成书的时间比较仓促，加之作者的水平有限，书中的错讹之处在所难免，还望读者朋友能够批评指正。

房华一　陈　旭

2014 年 3 月 31 日